家康（二）
三方ヶ原の戦い

安 部 龍 太 郎

幻冬舎時代小説文庫

家康 (二)

三方ヶ原の戦い

第一巻のあらすじ

桶狭間での挫折を越え、徳川家康は織田信長と同盟を結んだ。三河を統一し、武将として、男として自信を深める家康に、東の武田信玄をも飲み込み天下布武を成し遂げる未来像を明かす信長。押し寄せる時代のうねりに、二十七歳の武将は立ち向かっていくこととなる。

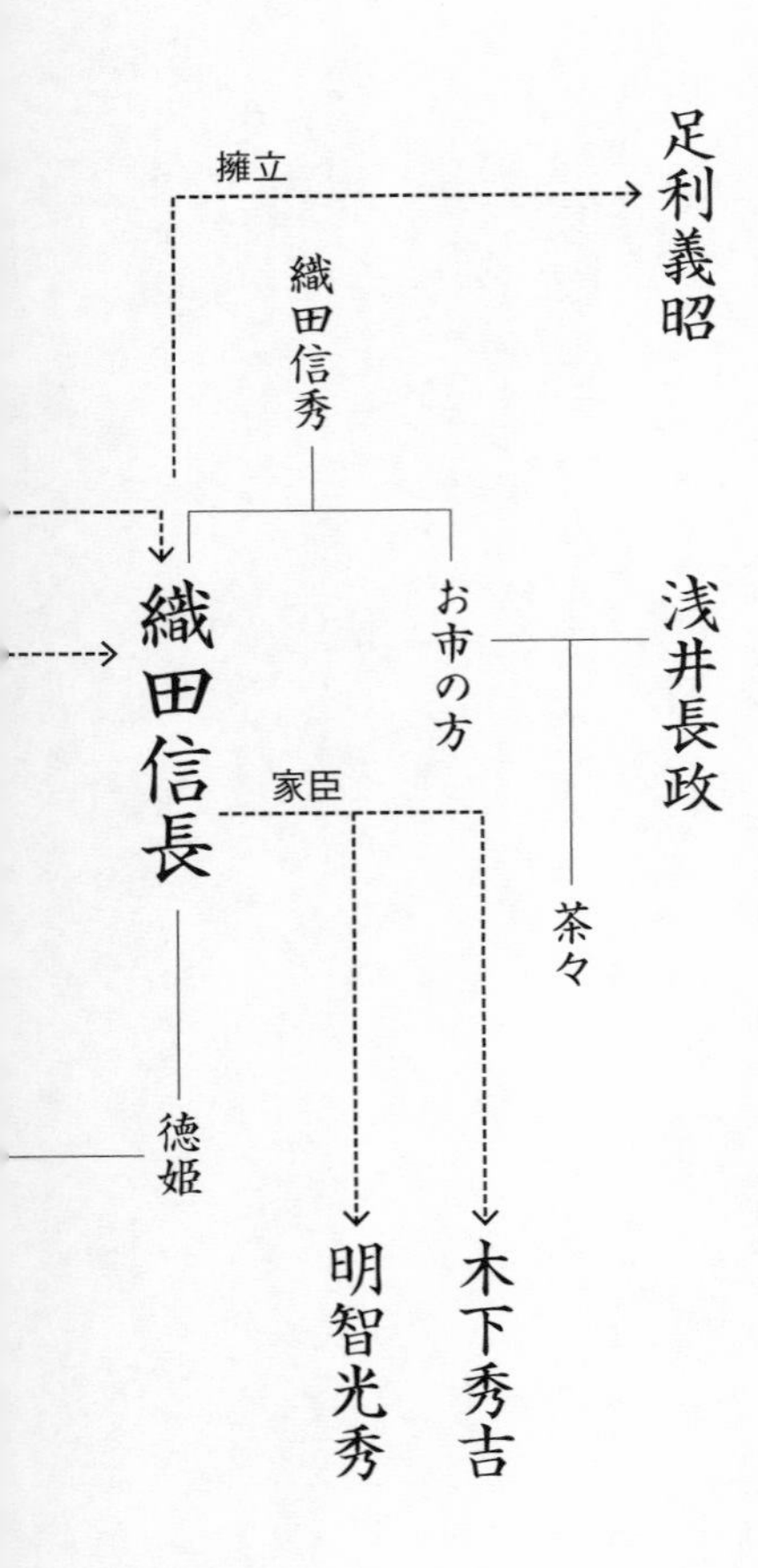

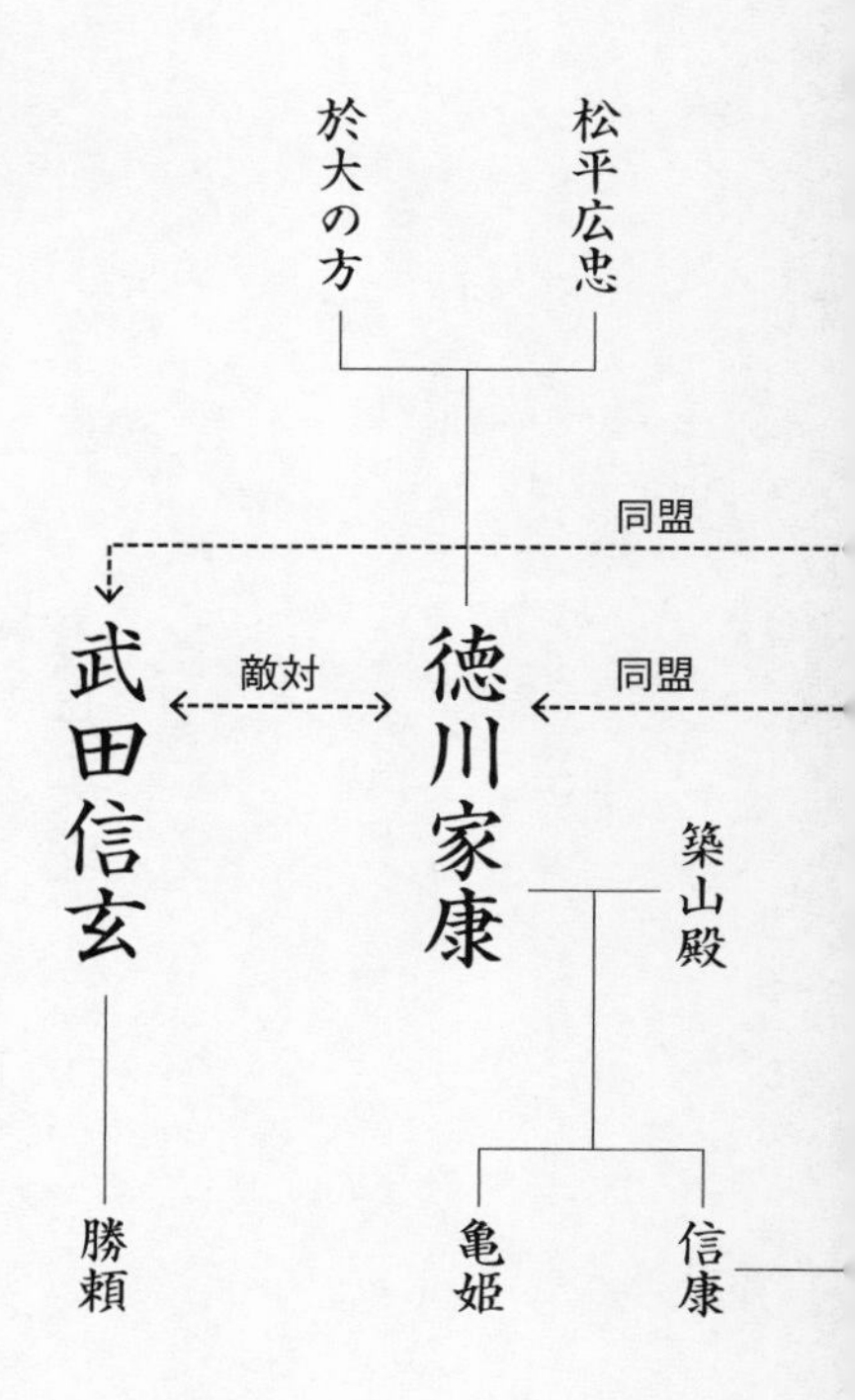

家康重臣

酒井忠次　石川数正　本多正信　平岩親吉　鳥居元忠

松平康忠　服部半蔵　本多忠勝　榊原康政

目次

第一章 決断

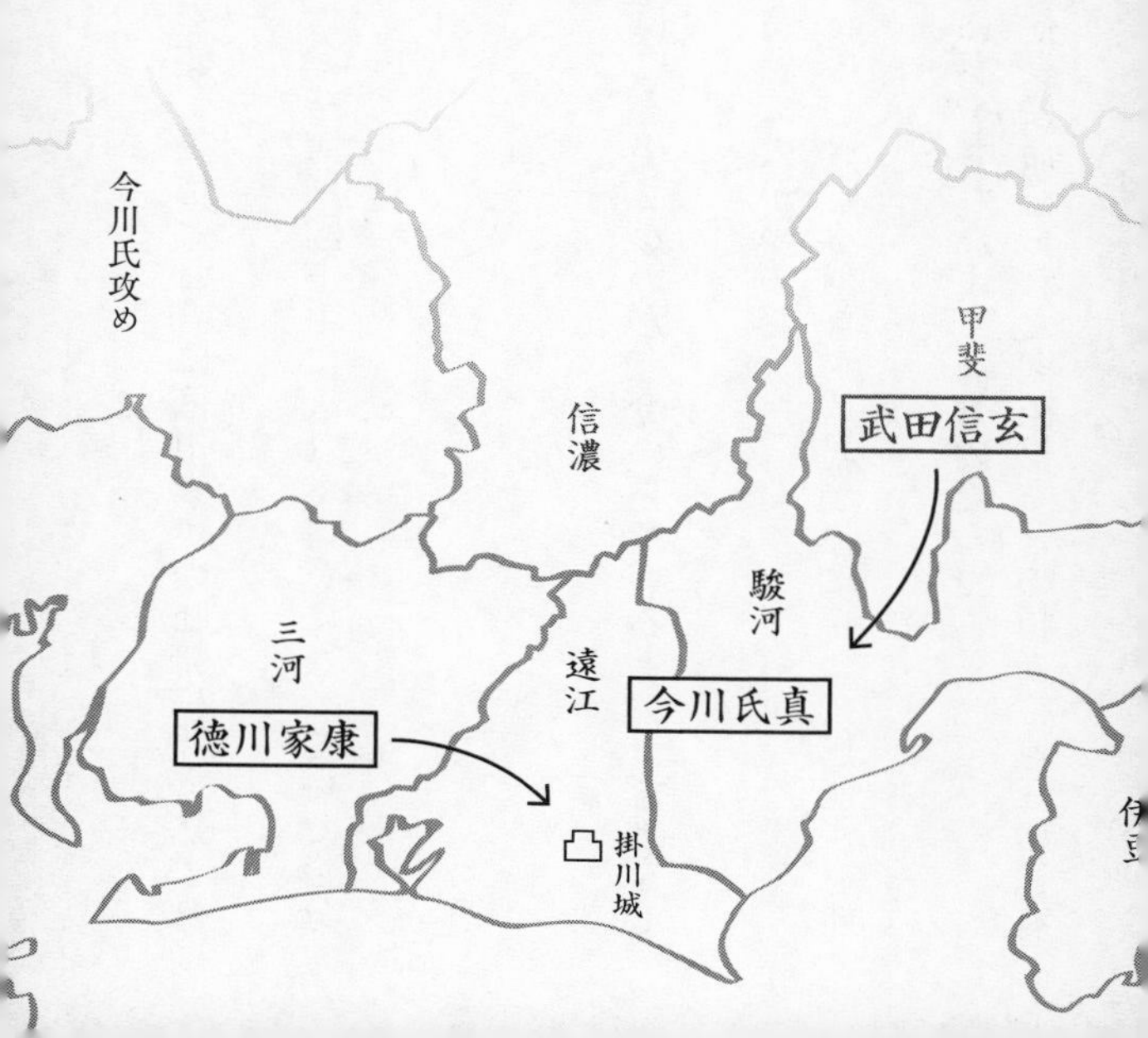

た。

その思いは織田信長への羨望、嫉妬、畏怖とともに徳川家康の肺腑に叩き込まれ

(信長どのには、かなわない)

信長の天才的な力量に較べたなら、三河一国を手に入れて得意になっていた自分など、地をはう虫のようなものだ。

その現実に打ちのめされた上で、

(では、どうすればいいのか)

家康の思考はそちらに向かった。

もともと負けず嫌いである。表にこそ出さないが、今に見ていろという意地を心の奥底に秘めている。

信長に圧倒されたことで、その闘志に火がついた。

生まれもった力量でかなわないならどうするべきか。弱が強に勝つ、無能が有能をしのぐ道はないのか。

思えば家康の生涯は、この探究に費やされたようなものだった。

信康の婚礼が終わると、家康は信長に命じられた武田信玄との折衝、遠江の領有

に向けて重臣会議を開くことにした。

顔ぶれは切れ者の石川数正、戦巧者の鳥居元忠、気心の知れた松平康忠、冷静沈着な平岩親吉、そして義父にあたる久松俊勝である。

これはいわば私的諮問機関であり、忌憚のない意見を言いあい、足らざるを補おうとするものである。

話の内容によっては榊原康政や本多忠勝のような若手も加えたし、重大な問題をはかるときには酒井忠次や本多広孝を呼び寄せることにした。

もうひとつ力を入れたのが、情報収集の徹底である。

家康は服部半蔵の伊賀忍者と、伴与七郎の甲賀忍者を重用し、徹底して情報を集めさせることにした。

「半蔵は今川と武田の動きをさぐれ。与七郎は尾張、美濃、畿内の諸勢力から目を離すな」

伊賀、甲賀、それぞれ五十人ずつ。遊行僧や遊芸人、遊女や物売りなどに身をかえて侵入させることにした。

成果は三月もしないうちに表れた。

この年永禄十年（一五六七）八月七日に、武田信玄は小県郡の生島足島神社（上田市）において、領国内の家臣団に忠誠を誓う起請文を納めさせたと、服部半蔵が知らせてきたのである。

これには背景がある。

二年前の十月、武田家の重臣飯富虎昌らが信玄暗殺を計画していたとして切腹させられた。

しかも彼らと共謀していたとして、信玄の嫡男義信が府中（甲府市）の東光寺に幽閉された。

事件の影響は深刻で、武田家中には信玄のやり方を批判する者や、幽閉された義信に心を寄せる者、切腹させられたことを恨む重臣たちの一族などがいて、家臣団の心はまちまちになっていた。

これを解消するために、信玄は家臣たちに忠誠を誓う起請文を出させ、団結の強化をはかろうとしたのだった。

「これをどう見る。皆の考えを聞かせてくれ」

家康は茶室に五人を集め、半蔵からの報告を伝えた。

「それは武田家の内紛をどうとらえるかによりましょう」

知恵者を自任する石川数正が、真っ先に口を開いた。

「すでに二年前から信玄公は今川との手切れを考えておられ、それが義信どのとの対立の原因になったと言う者もおりますが、それがしにはそのようには思えませぬ」

「ほう。では何ゆえの幽閉じゃ」

「信玄公は諏訪御料人に心を寄せられ、その子勝頼どのを跡継ぎにしたいと望んでおられたそうでございます。義信どのの守役である飯富虎昌どのは、それを知って信玄公を強く諫められたために、不興を買って切腹させられたのでございましょう」

「馬鹿な。信玄公ほどのお方が、そのような愚かなことをなされるとは思えぬ」

鳥居元忠がかみ付くような勢いで異をとなえた。

「そうじゃ。信玄公はすでに義信どのを跡継ぎと定め、元服の折には時の将軍義輝公から諱をもらっておられる。義信の名乗りはそのためだと聞く」

平岩親吉が元忠の後押しをした。

「そのことが裏目に出たのでござるよ」

数正は落ち着き払って親吉に向き直った。

「義信どのは将軍の直臣扱い、母上は名門三条家の出とあれば、家臣たちの中に信玄公より義信どのを重んじる風潮が生まれるのはいたし方のないことでござる。それが父子の対立を抜きさしならぬものにしたのでしょう」

「いやいや、信玄公はその頃から今川家と手を切る腹を固めておられた。それゆえ今川家の姫を正室とする義信どのをうとんじられるようになったと考えねば、合点がゆかぬ。その証拠に、信玄公は義信どのを幽閉した後に、織田家から勝頼どのの正室を迎えておられるではないか」

親吉は引き下がろうとしなかった。

永禄八年（一五六五）十一月、信長は苗木城（岐阜県中津川市）主の遠山直廉の娘を養女にし、武田勝頼に嫁がせている。

信玄がこの縁組みに応じたのは、今川家と縁を切る決意をした証だというのである。

「おおせの通りじゃ。氏真どのにとって信長公は親の仇。その養女を妻に迎えるとは、今川を敵に回すことになるではないか」

元忠がこれで勝ったとばかりに詰め寄った。

「それはどうでござるかな」

数正はもったいぶってしばらく口を閉ざし、皆の注目を引きつけた。

「義信どのが幽閉されたのは十月、勝頼どのの縁組みは十一月でござる。しかも月も押し詰まった二十三日だったはず。これを見れば、信玄公が今川家を見限ったから織田家と縁組みしたのではなく、義信どのを処罰したゆえに、織田家との結びつきを強められたことは、明らかではござるまいか」

「うう……、それは」

二の句をつげずにいる元忠に、親吉が再び助け船を出した。

「分かりませぬぞ。縁組みというものは一朝一夕に決まるものではない。信玄公が早い時期から織田家との接近をはかられたために、義信どのはこれを阻止しようと事を起こされたとも考えられましょう」

「縁組みなどは和議と同じでござる。互いの利害が一致すれば、四、五日で決まることも珍しくありません。失礼ながら平岩どののお考えは、自論を押し通すための根拠のない推測と思われまする」

三人のやり取りを聞きながら、家康はなるほどそうかと得心がいった。

おそらく信長は縁談を持ちかけることで、武田家にゆさぶりをかけたのである。

武田と織田は美濃と信濃の境をめぐって争いをくり返してきたが、その矛をおさめて和を結べば、信玄は後顧のうれいなく駿河に兵を進めることができる。

そこで信長は縁談という餌を投げて誘いをかけ、信玄はその策略を承知しながら応じる腹を固めた。

義信や飯富虎昌は、これを阻止しようとして信玄の逆鱗にふれた。つまり信長の攪乱策にまんまとはまったのである。

「佐渡守、そちの考えはどうじゃ」

自分の考えは表に出さず、家康はあくまで聞き役に徹した。

「話の順序はともかく、信玄公が家臣から忠誠を誓う起請文を取られたのは、今川と手を切る腹を固められたからでござりましょう。見定めるべきは、これに対して今川がどう出るかでござる」

久松佐渡守俊勝は、議論を一歩前に進めようとした。

「もっともな申し様じゃ。その件については半蔵から直接聞くがよい」

家康が手を叩くと、茶道口の戸が開いて服部半蔵が姿を現した。

「申し上げます。今川はすでに武田の動きを察知し、小田原の北条と連携を強めております。また、上杉輝虎（謙信）に使者を送り、武田が駿河に攻め入ったなら信濃に攻め込むように依頼しているようでございます」

その上富士川の水運の取り締まりを厳重にし、海からの物資が甲斐に入らないようにしている。

このために武田家の領民は、海産物や塩が入手できずに困窮しているという。

「これを領民は塩止めと申しておりますが、それより大きな痛手は火薬や鉛を入手できなくなったことでございます」

「ならば武田は、弾薬のたくわえが尽きる前に動くということだな」

鉄砲隊をひきいる元忠は、そうしなければ戦えなくなることを良く知っていた。

「ところが武田は、上杉から弾薬を買いつけて不足をおぎなっております。上杉もこの機会に、通常の何倍もの値で売っているようでございます」

越後の者たちは、この荷を塩と偽って運んでいる。高値な弾薬だと知れれば、運ぶ途中に野盗や野伏に襲われるからだ。

後に上杉謙信が敵に塩を送ったと語られるのは、このことに起因しているのである。

「上杉はそれほど潤沢に、弾薬を手に入れておるか」

家康はそのことに興味を引かれた。

「上杉家は昔から越後上布を都で売りさばき、大きな利益を得ております。それを運ぶための船団もそなえておりますし、日本海を往来する船が直江津の港に入ります。それゆえ若狭や越前に来航する明国の海商たちとも、取り引きをしているようでございます」

そのことについては、配下を越後に走らせて調べている。半蔵はそう付け加えた。

「どうやら近々、武田が駿河に攻め込むことは間違いなさそうだ。その時どうするかは改めて考えるとして、備えだけは怠らないようにしてもらいたい。康忠、皆にもう一服、茶をふるまってもらおうか」

「承知いたしました」

従弟である康忠は、家康が何を望んでいるか良く知っている。こうした会をそれらしく演出するために、点前をしっかり稽古しているのだった。

知らせは、十月末になって飛び込んできた。

武田義信が十月十九日に自害したという。行年三十。二年間幽閉された後に、切腹を命じられたのである。

「そうか。やはり」

半蔵の報告に、家康は自分でも意外なくらい動揺した。

おそらくそうなるだろうと予想はしていたが、実際に知らせを聞くとこの世の残酷さを容赦なく突き付けられた気がした。

「武田家はこのことを厳重に秘しております。それゆえ事実を突き止めるのが容易ではなく、ご報告が遅くなってしまいました」

「義信どのの奥方は」

「近々今川家に送り返されるものと存じます」

「その行列がいつになるか、しっかり見張っておけ。その日が武田と今川の手切れとなる」

「承知いたしました」

半蔵は音も立てずに去っていった。

外は雨が降っている。真っ赤に色づいた庭の木々を、霧のように細かい雨がしっとりとぬらしている。

家康は縁側に立ってそれをながめながら、波立つ心を鎮めようとした。

義理とはいえ、義信とは従兄弟である。駿府にいた頃に何度か会ったこともある。家康より四つ年上で、文武にすぐれたさわやかな武将だった。

その死を惜しむ気持ちもある。

実の父に切腹を命じられた無念さは、いかばかりかと心が痛むが、これほど動揺するのは義信の死が他人事とは思えないからだった。

家康も織田や今川の人質になっていた頃、いつ切腹を命じられるか、今日こそ打ち首になるのではないかと、不安にさいなまれながら生きていた。

あの切なさ頼りなさの記憶は、今も家康の心に生傷のように残っている。

おそらく義信もこの二年間、同じ気持ちで過ごしてきたはずだ。その祈りや願いを、信玄は無残にも断ち切ったのである。

そう思うと、まるで自分の首に刃がふり下ろされたような痛みを覚えるのだった。

（生きたければ強くなれ。勝ちたければ努力を惜しむな）

家康は己に言いきかせ、なおしばらく氷雨の庭をながめていた。

永禄十一年（一五六八）の年明け早々、武田信玄から使者が来た。

遊行僧に身を変えた牛山外記という者が、信玄の密書をとどけたのである。

「夏までには駿河に兵を進め、今川と盾矛におよぶつもりである。ついては徳川どのも遠江に兵を進め、我らと共に戦っていただきたい。詳しくは外記が申す通りである」

書状にはそう記され、信玄の雄渾な花押がある。

家康が初めて見る、気迫と威厳に満ちた信玄の直筆だった。

「これは挨拶がわりでございます」

外記が甲州金が入った革袋をどさりと置いた。

手足の長い大柄の男で、のみで削ぎ落としたような鋭い顔付きをしていた。

「せっかくだが、それは持ち帰っていただこう。挨拶なら信玄公の書状だけで充分じゃ」

「我らの申し出を、受けていただけるということでしょうか」

「話を聞かせてもらおう。その上で返事をさせていただく」

「我らが駿河と遠江に同時に攻め込めば、今川家はひとたまりもなく亡(ほろ)びましょう。その上で境目を決めて、所領を分けるということでございます」

「その境目はどのあたりと、信玄公はお考えかな」

「それは互いの働きによりましょう。駿河、遠江の国境(くにざかい)あたりが妥当かと存じます」

「互いの働きとは、切り取り次第ということじゃな」

「要はこの話に応じていただけるかどうかでござる。細かなことは、後で決めさせていただきたい」

「それでは重臣たちにはかった上で返答いたす。信玄公にそう伝えるがよい」

「いつまでに、ご返答をいただけましょうか」

外記が鋭い目をして迫った。

「一月(ひとつき)ばかり待っていただこう。今は兵を動かす時期ではないと申す者も、家中にはいるのじゃ」

家康は返答を引き延ばす策に出た。

武田は義信を犠牲にしてまで今川と手を切ったのだから、一刻も早く駿河に攻め込みたがっているはずである。

だが単独で攻め込めば、背後を小田原の北条に衝かれるおそれがあるので、家康との同盟なくしては動けない。

だから時間を稼げば、有利な条件を引き出せるはずだった。

家康は重臣たちに武田信玄から同盟の申し入れがあったことを告げ、遠江に侵攻する仕度をととのえておくように命じた。

「ただし、駿河と遠江を分け合うという条件でなければ、同盟に応じるつもりはない。さよう心得よ」

いつになくはっきりと意志を伝え、重臣たちに覚悟をうながした。

一月後に再びやって来た牛山外記にも、明確にそれを伝えた。

「わしは信長どのに、遠江一国を盗れと命じられておる。その確約が得られぬかぎり、同盟に応じることはできぬ」

「それは妙でござるな。この間は家中の意見がそろわぬゆえ、一月待つようにとおおせられたが」

外記は家康の対応が不誠実だと責めた。

「重臣たちから意見を聞いたところ、信長どののお申し付けに従うべきだということになった。これをくつがえすことは、わしの立場ではできぬ」

そこのところを斟酌してもらいたいと、家康は姿勢を低くして頼み込んだ。

信玄の狙いは、自力で鉄砲や弾薬を入手できるように、太平洋側の所領を得て港と航路を確保することである。

だがそれを実現するためには、駿河を手に入れるだけでは足りない。

なぜなら駿河から伊勢湾まで船で行くためには、御前崎をまわり、遠州灘を抜けなければならない。

ところがこの海域は遠浅がつづき、南からの強風にさらされる難所である。

それゆえ途中に一ヶ所、寄港地を確保しておく必要があるが、それにもっとも適しているのが天竜川河口の掛塚の港なのである。

信玄は開戦と同時にここを取ろうと兵を動かすはずだし、この港を取られたなら家康も信玄の航路を断つ術がなくなってしまう。

同盟の条件の交渉には、互いのそんな思惑があったのだった。

家康は腹をすえて待つことにした。

相手は天下の名将武田信玄。

その武威を信長でさえ恐れているほどだから、家康にとって重圧は大きい。緊張と不安に身がすくむほどだが、昔から待つことには慣れていた。

時間がたつほど相手は不利になる。

待っていれば必ず折れてくるという読みにすべてを賭けて、牛山外記の催促をのらりくらりとかわしていた。

五月雨（さみだれ）の季節になった頃、伴与七郎がもどってきた。

甲賀忍者の棟梁（とうりよう）で、小柄で細身の頼りない体付きをしている。だが猿のように身軽で、どんな場所にも軽々と忍び込む技を身につけていた。

「急ぎお耳に入れたきことがございまして」

尾張から夜の道を駆けてきたという。

人に怪しまれないように、熱田（あつた）神宮の神人（じにん）に身を変えていた。

「近頃たびたび、武田の使者が岐阜のご城下をたずねております」

「目的は、何だ」

「どうやら、織田と盟約を結ぼうとしているようでございます」

「盟約だと」

家康はいきなり後ろから斬り付けられたような衝撃を受けた。

「長良川ぞいの長楽寺に、武田の使者が三度もたずねております。この寺の住職が、信長公のご一門にあたる方でございます」

その住職が信長の意志を使者に伝えているのだろう。三度も面会しているのだから、話は順調に進んでいると見るべきだ。

与七郎はそう告げた。

「信長どのは上洛に備え、東美濃の守りを盤石にしておこうとお考えなのかもしれぬ。しかし武田は、何を狙って織田に近付こうとしておるのじゃ」

「しかとは分かりませぬが」

「構わぬ。耳にしたことがあるなら、遠慮なく申すがよい」

「武田は織田に両川自滅の策を申し入れたそうでございます」

「両川とは徳川と今川のことか」

「さよう。ご両家を戦わせ、戦い疲れた頃を見計らって東西から攻め入ろうと」

そうして武田は駿河と天竜川より東を、織田は三河と天竜川より西を領有しようというのである。

もしそれが事実なら、家康の態度に業を煮やした信玄が、新たな策に打って出たということだった。

「なるほど。さようか」

そんなやり方もあるかと、家康は肝が冷える思いをした。

「それで、信長どのの返答は」

「矢銭三千両（約二億四千万円）を支払うよう、武田に求められたそうでございます」

「それはまた、どうした訳じゃ」

矢銭とは軍資金のことである。

しかも金三千両とは、途方もない額だった。

「信長公は近々、足利義昭さまを奉じて上洛し、将軍に擁立して幕府を立て直されるそうでございます。守護大名として幕府のご恩をこうむる者なら、これに協力するのは当たり前だと、おおせのようでございます」

「そのようなことが、どうして分かった」

「長楽寺の住職のお付きの者に、鼻薬をかがせて聞き出しました。ただし、その者の言葉が正しいかどうかは分かりませぬ」

「ならばそこのところを突き止めよ。銭も人も存分に使え」

家康は銀の小粒を入れた革袋を与七郎に渡した。

信長が自分との同盟を反故にして、武田の申し出に応じるはずがない。だが、矢銭三千両とはいかにも信長らしいやり方で、事実かもしれないという疑いも拭いきれないのだった。

（あのお方は、人を人として見ておられぬ。目的を成しとげるための駒として使われるだけだ）

家康は服部半蔵を呼び寄せ、武田の動きをたずねた。

「近頃武田は、信長どのと盟約を結ぼうとしていると聞く。そのような動きがあるか」

「牛山外記が岐阜城下をたずねております。その交渉も、あの者が命じられているのでございましょう」

　さすがに半蔵は抜かりがない。外記が信玄の使者として駿府城をたずねた時から、配下をはり付けて動きを見張らせていた。

「織田の使者はどうだ。甲府に現れるか」

「昨年十一月、武田勝頼さまのお子、武王丸（後の信勝）さまがお生まれになりました。信長公の義理の孫に当たられますので、節目節目に祝いの品をとどける使者を送っておられます」

「それを隠れ蓑にして、同盟の交渉にあたっているのだな」

「残念ながら、そこまでさぐる手立てはございません。織田の使者に、非礼を仕掛けるわけにもいきませぬゆえ」

「信長どのは矢銭三千両を武田に求められたそうじゃ。そのような噂はあるか」

「ございません。ただ甲州は金の産地ゆえ、それくらい集めるのは雑作もないものと存じます」

「兵備はどうだ。すぐにも出陣できる仕度をととのえておるか」

「今は田植えの時期ゆえ、将兵たちは国許にもどっております。出陣の仕度がととのうのは、秋の稲刈りが終わってからでございましょう」

武田はまだ兵農分離が進んでいない。農閑期にならなければ出兵できないという弱点を抱えていた。

家康は重臣会議を開いて皆に状況を説明し、対応を協議した。

だが、どれが確かな情報かも分からないままでは、手の打ちようがない。何があっても即座に対応できる態勢を取り、一糸乱れぬ行動をしようと申し合わせたばかりだった。

大規模な戦が起こるのなら、弾薬を潤沢に買い付けておく必要がある。

その役目を利け者の石川数正に命じた。

「これから堺に行き、天王寺屋から火薬と鉛を買い付けてこい。銀五百貫（約八億円）分。半分は現銀、残りは手形じゃ」

「手形が使えるかどうか、試されるつもりでございますな」

数正はすぐに家康の意図を察した。

天王寺屋の津田宗及は信長と親しい。信長が家康を見限ると知っているなら、家康の手形を受け取らないはずだった。

程なく石川数正が使者を送り、弾薬の買い付けには成功したし手形も無事に使えたと知らせてきた。

品物は七月に南蛮船が運んでくる。

数正は船の入港を待つ間、堺の商人たちと交流を深めることにすると書状に記していた。

「この表の賑わい、筆にも舌にも尽くし難く候。納屋衆と呼ばれし大商人どもの富貴ぶり、目をみはるばかりに候。ご当家の一年分の物成り（年貢収入）など、かの商人の一月分の収入にも及ばぬものと存じ候。当地の商人どもの茶道は、道具商いに御座候。南蛮船が持ち来たる茶碗、茶壺など、銀五十貫、百貫にて売買いたしおり候。笑止笑止。三河はのどかなる鄙にて候」

数正の驚きと興奮がそのまま伝わってくる文面である。

堺で見聞を広めるのも結構なことだが、三河を馬鹿にしたような書き方は、さすがに気に障った。

（何が笑止笑止だ。おろか者が）

数正は切れ者で時代の流れが見通せるだけに、堺の繁栄ぶりにこれからの天下の有り様を鋭く感じ取ったのだろう。

だが、いち早くそちらの側に立って、自分が生まれ育った故郷を見下げるようでは、為政者の資質に欠けると言わざるを得なかった。

家康は筆を取り、深い谷にかけた丸木橋を渡る男の絵を描いた。

禅画のように簡略な筆使いで、決して上手ではないが、この絵を届ければ数正にも自分の気持ちが伝わるはずだった。

六月になり梅雨があけた頃、佐久間信盛がたずねてきた。

信盛は桶狭間の戦いの後に鳴海城を与えられ、三河の家康や知多の水野信元の取り次ぎ役をつとめている。

信康の婚礼の時に徳姫に供奉してきて以来、両者の関係はいっそう親密になっていた。

「本日は上様の使者として参り申した」

形通りの挨拶の後で、信盛が姿勢を正して申し渡した。

「上様はすでに足利義昭公を美濃に迎え、ご上洛の仕度にかかっておられる。ついては東美濃の安全を計るため、武田と同盟を結ぶことになされた。それゆえ徳川どのも、武田と早急に和睦の誓紙を交わしていただきたい」

信盛は信長の書状を示して返答を迫った。

家康はそれを受け取り、二度三度と読み返した。

「このたび尾甲和与（和解）と相成り候間、その方においても急ぎ甲州との和議を取り結ぶべし。委細は佐久間右衛門尉申し候」

素気ないほど短い書状に、信長の花押と天下布武の朱印がある。

家康は縦長の楕円形の朱印をじっと見つめた。

信長らしい斬新で堂々とした印章で、言わんとすることも簡潔で力強い。

自分の意志に従って天下を切り従えていこうとする思いが、楕円の内にみなぎっていた。

「三河守どの、いかがでござる」

信盛が返答を迫った。

「あまり見事な朱印ゆえ、思わず見入ってしまいました。いや、魅入られたと言うべきでしょうか」

問題はこの命令が、信康の婚礼の日の申し合わせにのっとったものなのか、武田との両川自滅の策によるものか、ということである。

だがそれを口にして、信長に不信を持っていると悟られるわけにはいかなかった。

「して、ご返答は」

「その前に、ひとつ伺いたい」

「何でござろうか」

「信長どのは以前、武田と盟約して遠江を取れとお命じになった。ところが武田は、盟約の条件にそのことを明記することを拒んでおりまする。そのために盟約を結ぶことをためらっておりました」

「そのことは承知しており申す」

「ならばこのたびのご命令も、遠江を取るためだと考えていいのでござるな」

「これは驚き申した」

信盛が目を丸くし、膝を叩いて笑い出した。

「何か可笑しいことでも申しましたか」

「いや、ご無礼。実は上様が、貴公はそうたずねるであろうとおおせられました。

それがあまりにぴたりと当たったゆえ、何やら不思議な思いに打たれたのでござる」

信盛は姿勢を改め、その時にはこう答えるように申しつかっていると、信長の言葉を伝えた。

「余とそちは兄弟も同じじゃ。風呂場で裸になって語り合った夢を忘れるな」

家康の動揺を見抜いた、心憎いばかりの配慮だった。

家康は気を取り直し、信長の命令に従って武田と同盟を結ぶと明言した。

信長についていくと誓ったのに、こんなことでぐらついているようでは合わす顔がなかった。

（これも崖から飛び下りるようなものだ。信長どのを信じて、新たな道に踏み出すしかあるまい）

重臣会議を開いてその覚悟を伝えようと思ったが、何かがひっかかる。腹の底から納得していないせいか、さあやるぞという気力が立ち上がってこない。

そのため重臣たちにはかる決心もつかないまま、数日を無為に過ごしたのだった。

「殿、皆さまが佐久間さまのご用について聞きたがっておられます」

松平康忠が伝えた。

信盛が来たことは皆が知っているのだから、会議の召集がかかるものと待ち構えていたのである。

「分かっておる。ちと考えがあるのだ」

やるべきことは決まっているのに、なぜ気が向かないのか自分でも分からない。それだけに気持ちはもやもやしたままで、次第に苛立(いらだ)ってきた。

家康は気分を変えようと、康忠をつれて遠乗りに出かけた。矢作(やはぎ)川ぞいをひたすら北に駆け登り、帰りに大樹寺(だいじゅじ)に立ち寄った。

「珍しい客人じゃな。また負け戦とみゆる」

登誉(とうよ)上人が皮肉を言いながら本堂から出てきた。

麻の衣を着た質素な身形(みなり)で、体は相変わらずやせていた。

「近くを通りかかりましたゆえ、お茶など所望したいと思ったのです」

「さようか。ならばまず、ご先祖の墓に詣(もう)でるがよい」

美しく掃(は)き清められた墓地の一番奥に、松平家累代の当主の墓が並んでいる。家康は香をたむけて手を合わせた。

桶狭間の戦いに敗れ、大高城から逃げ帰ってきた時、ここで腹を切ろうとした。

あれからもう八年が過ぎたのかと、時の流れの早さを改めて感じた。

今年で二十七歳。父よりも祖父よりも長生きしているのだと思うと、心がしんと静まってきた。

「それでは、本尊に参ってもらおうか」

上人が阿弥陀如来像の前に案内した。

衆生をあまねく極楽にみちびくという阿弥陀如来が、須弥壇の上に座しておられた。

弥陀の本願という。

阿弥陀如来はどんな罪業深い者でも、救いを求めてきたなら絶対の幸福に導き、死後には浄土に生まれさせて仏の悟りを開かせる、という誓いを立てられた。

だから非力で無力で罪業深い我々は、この弥陀の本願におすがりして一心に念仏をとなえれば、誰もが往生できる。

それが浄土宗の根本をなす教義である。

自分の努力（自力）で何とかできると思わずに、弥陀の本願（他力）にすべてをゆだねてこそ、己の執着からも解き放たれるというのである。

　須弥壇の上の阿弥陀如来像は、それが真実であると思わせる慈悲深い表情をして、衆生を見守っておられる。

　この慈眼の前では身分の差別も、老若や男女の差も、善悪優劣の差さえない。誰もが同じ衆生として、御仏の前に裸で立つのである。

　家康はその尊像をながめながら、源応院を思い出した。

　幼い頃、悲しさや淋しさに押しひしがれて眠れずにいると、源応院は裸になって抱きしめてくれたものだ。

「御仏はね。どんな悪人や罪人でも、こうして抱きしめて下さいます。だから安心してお眠りなさい」

　あやしながら背中をさすってくれた。

　豊かな乳房の間に顔をうずめ、肌のぬくもりを感じていると、いつしか安らかな気持ちになって眠りに落ちた。

　阿弥陀仏の慈愛にみちたまなざしやふくよかな体付きは、源応院によく似ている。

そして家康は、彼女の夜ごとの寝物語によって浄土教を教えられたのである。

「どれ、久々に糞坊主らしいところを見せてやるか」

上人が経机の前に座った。

読み始めたのは、浄土宗の基本経典のひとつである『仏説阿弥陀経』だった。

「如是我聞　一時仏在舎衛国」

上人の声は張りがあって豊かである。しかも経典を見ずにすべて諳じることができた。

この経典の冒頭には次のようなことが書かれている。

「この様に私は聞いている。ある時、御仏は舎衛国の祇樹給孤独園に滞在しておられて、大いに敬われるべき千二百五十人もの修行僧たちと一緒におられた」

舎衛国とはインドのシラーヴァスティーのことで、祇樹給孤独園とは孤独な人に食を給する長者の国（祇園）のことである。

経典にはまず、そこに集まった長老シャーリプトラ（舎利弗）以下の大阿羅漢の名前が記され、インドラ（帝釈天）ら神々もともにおられたと説かれている。

そこで御仏がシャーリプトラに告げられたのは、次のようなことである。

「これより西方、十万億もの仏国土を過ぎて、世界があるが、それを名づけて極楽という。その仏国土には仏がおり、阿弥陀と号する。いま、現にましまして真理を説く。シャーリプトラよ、かの仏国土はなにがゆえに名づけて極楽となすや。その国の民衆は、もろもろの苦しみを受けず、ただもろもろの楽しみだけを受ける。故に、その仏国土を極楽と名づける」

苦しみがなく、楽しみだけを受けるので極楽。そしてその仏国土の主宰者が阿弥陀仏だというのである。

家康は上人の読経を心地いい音曲のように聞きながら、自分だけの考えに入り込んでいた。

(厭離穢土(おんりえど) 欣求浄土(ごんぐじょうど)。この世を浄土に近付けるとは、まさに民衆の苦を取りのぞき、楽しみを与えるということだ)

そうした理想に一歩でも近付きたいと、家康は三河の治政に心をくだいてきた。

治水をおこない新田を開いて、米の収穫量を増大させた。

商人や職人の税を軽くして岡崎城下に集め、楽市楽座の制を導入して交易をさかんにした。

家臣たちには公正な治政をおこなうように申し付け、賄賂(わいろ)を取ったり贔屓(ひいき)の沙汰をした者は厳罰に処した。

その結果、三河はずいぶん住みやすい国になった。

他国から逃散してきた農民や、流浪してきた者たちが住みつき、人口も増えた。

徳川家の収入も増えて軍備も充実してきたし、城下の整備も進んでいる。

こうした地道なやり方が、家康がめざす国造りなのである。

（しかし、信長どのはそうではない）

商業と流通を支配することで巨万の富をたくわえ、その経済力を元手にして軍備をととのえる。

銭の力で有能な将兵を雇い入れ、鉄砲や弾薬を大量に買い入れて、容赦なく他国を侵略していく。

その侵略によって手に入れた流通路や資源や国土がさらなる富を産み、その富によって備えた軍備によって、いっそう領土を拡大していく。

こうした仕組みによって拡大してきた織田家は、はてしなく侵略をつづけなければ家を維持できなくなるにちがいない。

信長もそれが分かっているので、ひたすら敵を求め、侵略と略奪をくり返していくだろう。

たとえ天下を平定しても、そこで立ち止まることはできない。

欲に駆られた将兵たちの欲求を満たすために、略奪の地を求めて外国へと進出していくはずである。

好むと好まざるとにかかわらず、信長はそうせざるを得ない仕組みを作り上げてしまったのだ――。

家康はそのことに忽然と気付いた。

そして、なぜ信長に全面的に従うことに抵抗を感じていたかが分かった。

家康が目ざすのは天下を三河にすることであり、信長の方針とは明らかにちがう。

そう感じていながら従わざるを得ないと自分に強制していたために、納得できないものが心の中に澱のようにたまっていたのだった。

「舎利弗　若有善男子善女人　聞説阿弥陀仏執持名号　若一日　若二日　若三日」

登誉上人の読経はゆるぎなくつづいている。

御仏がシャーリプトラに阿弥陀仏の名号を聞く功徳について語った件だった。

「シャーリプトラよ。もし善男子、善女人がいて、阿弥陀仏が名号を説くことを聞き、その名号を心にとどめ保ち考え、一日二日でも、三日四日でも五日でも六日でも、あるいは七日でも、一心不乱であるならば、その人の命が終わるときに臨んで、阿弥陀仏はもろもろの聖衆(しょうじゅ)とともに、その前に現在するであろう。この人の命終わるとき、心は、転倒しない。命が終わってすなわち、阿弥陀仏の極楽浄土に往生することができるのだ」

御仏の悟りの結晶とも言うべきお経を聞きながら、家康の想念は先へと進んでいた。

信長と方針がちがうなら、これからどうすべきなのか……。

信長は軍備を強化し、占領地を拡大して商業や流通を支配し、さらなる軍備の強化につなげるという手法をあみ出した。

兵農を分離して常備軍を創設し、いつでも戦ができる態勢をととのえた。軍事的に必要とあれば、次々と本拠地を移した。

そうした軍事優先の体制を作り上げ、周辺諸国ばかりか天下まで支配しようと目論(もくろ)んでいる。

それは征服主義と言うべきものだが、力や富だけで領民を屈服させているのではない。

楽市楽座や関所の撤廃、税負担の軽減や道路や河川の整備などによって、庶民の生活を豊かにしているので、信長の領国になって良かったと喜ぶ者が多いのである。

家康には信長ほどの見識も、苛烈な実行力もない。

名門今川家のお膝元の駿府で八歳から十九歳まで過ごし、室町幕府の体制と文化を肯定する雰囲気の中で人となったので、時代の変化をそれほど強く感じることはなかった。

今度の武田との問題が起こって初めて、家康はそのことを意識し、これから何をめざしどう生きるべきかという疑問にとらわれたのだった。

(しかし、ここから始めればよい。何事も遅すぎるということはない)

心の奥底をのぞき込み、自分というものがはっきりと分かったことで、気分はすっきりしていた。

「南無阿弥陀仏　南無阿弥陀仏　願以此功徳平等施一切　同発菩提心　往生安楽国」

菩提心を起こし、安楽国に往生することを願って、登誉上人の読経は終わった。

経文の意味は分からないものの、家康は胸が洗われたような気持ちになっていた。

「どうじゃ。御仏の前に立った気分は」

上人は家康が大きな煩悶を乗りこえたことを見て取っていた。

「お陰さまで落ち着きました。体の中を涼風が吹き抜けていく心地です」

「信長公とそなたは、何がちがうか分かるか」

驚いたことに、読経の間に考えていたことまで見抜いていた。

「いいえ。はっきりとは分かりません」

「極楽浄土があることを、信じられるか否かじゃ」

登誉上人はうやうやしく経典に一礼し、経机の引き出しに仕舞い込んだ。

「そなたは極楽浄土があると信じておろう」

「さあ、それは」

信じていると言えるほど、真剣に考えたことはなかった。

「そなたは信じておる。いや、信じる資質を持っておる。それが何故か分かるか」

「分かりません」

「辛く悲しいことを数多く経験し、人が人であることの苦しみを、深く鋭く感じ取っておるからじゃ。この世だけしかないと思うなら、人はそうした辛さや悲しみから抜け出すことはできぬ。生老病死の苦は、この世を越えた極楽浄土があると知らぬ限り、克服することはできぬのだ」

そう言われれば、子供の頃から何となくそんな感覚を持っていた。どんなに辛く悲しい時でも、そんな自分を冷静に見る目をそなえていた。

あれはおばばさまの教えのおかげだろうか……。

「いいや。教えによるものではない」

上人はまたしても家康の心の内を読んでいた。

「いかに人に教えられようと、あるいは自分で学ぼうと、御仏の種子(しゅうじ)を持って生まれた者でなければ、幼くしてそうした感覚を持つことはできぬ。有り難いことに、そなたはその種子を持って生を受けておる。ところが信長というお方は、それをそなえておられぬ」

「どうして分かるのですか。そのようなことが」

「わしも一度、信長公に会ったことがある。才能と自信に満ちあふれた、輝くばかりの若者であった」

「それはいつのことでしょうか」

「先代信秀公の葬儀が、那古野の万松寺でおこなわれた時じゃ。信長公は長柄の大刀と脇差を荒縄で巻き、茶筅髷を高々と結い上げた異形の姿で現れ、仏前に抹香を投げつけてお帰りになった」

　そんなことができるのは、何物をもはばからぬ強烈な意志を持っているからだ。自信も度胸もあるだろう。

　だが、御仏の種子を持っている者は、絶対にそのようなことはしない。

「のう、そうは思わぬか」

「確かに、それがしにはそのようなことはできません。しかしそれが、武将としての弱みになることもありましょう」

「その通りじゃ。一見すれば、信長公は強く、そなたは弱い。その弱さが、こうして寺まで足を運ばせたのだ」

　しかし、その弱さを強さに変える方法がある。それが御仏の教えの本質だ。上人はそう言った。

「よく分かりません。どういうことでしょうか」

「反省心じゃ。己の弱さや至らなさを反省する心は、どこから生まれると思う」

「もっと良くなりたいと願う心が、あるからではないでしょうか」

「では、もっと良くなりたいと願う心は、どこから生まれる」

「何かをなし遂げたい。理想に近付きたいと思うからではないでしょうか」

家康は自分の胸の内をはかり、思いつくままを口にした。

「そなたにとって、なし遂げたい理想は何じゃ」

「国を豊かにし、軍備を磐石にして、家臣や領民がすこやかに暮らせるようにすることです」

「それだけか」

「そうです。それがこの世を浄土に近付けることだと考えています」

「それはそれで良い。しかしその理想をなしとげるには、手本となる極楽浄土が実際にあるということを知らねばならぬのだ」

「この世とは別の世界が、本当にあるのでしょうか」

「ある。西方の十万億もの仏国土を過ぎたところに、極楽という仏国土があると、御仏が説いておられるではないか。それは何かの喩(たと)えでも象徴でもない。実際にその通りの世界が、お釈迦さまの頃にも法然上人の頃にも、そして今もあるのだ。この世は広大無辺の仏国土の中の、けし粒ほどの存在にすぎぬ。そのけし粒の中で、我らは火花のように短い生を与えられているだけだ」

　人間は生まれながらにそのことを知っている。

　この世は穢土で、極楽浄土にはとうてい及ばないという思いが、反省心の原点だという。

「大切なことは、そうした世界観を持ちつづけることだ。そうすれば得意の時に傲らず、失意の時に臆せず、平常心を保って物事に対処できるようになる。御仏の教えも知らず、この世だけしかないと思っている輩の行く末など、たかが知れておるのじゃ」

　お茶を一杯ご馳走になって、家康と康忠は大樹寺を出た。

　真夏の空は、青く澄みわたっている。なだらかに傾斜する平野には稲が穂をつけ始め、緑の敷物のように大地をおおっている。

　もうすぐ柿や栗も実を結びはじめる頃である。

松風（まつかぜ）にゆられて岡崎城へつづく道を下りながら、家康は登誉上人から言われたことを考え直していた。

話の要点は三つだった。

弱さを強さに変えることができるのが反省心。反省心は極楽浄土には及ばないという意識から生まれている。常に極楽浄土に近付く努力をつづけていれば、平常心を保って物事に対処できる。

家康は時折ぼそぼそと上人の言葉を口にしながら、頭の中で何度も三つの要点をくり返した。

まるで牛が四つの胃袋で食べ物を消化するように鈍重だが、こうしなければ考えが腹に落ちてこない。

信長のように稲妻が走るようなひらめきがないのは悲しい限りだが、家康はこれが自分だとよく分かっている。

そして自分の方法を押し通す意地と強さを持っていた。

突然、ひとつの反省心がわき上がってきた。

これまで自分は、この世を浄土に近付けるとは、制度的な改革を行って家臣や領民が豊かに暮らせるようにすることだと思っていた。

（しかし、それでは足りないのではないか）

いくら国が豊かになったところで、心の愉しみがなければ人は幸せになれない。

では心の愉しみは、どうすれば得られるのか。それは誰もが、極楽浄土の理想に向かって生きているという実感を持つことではないだろうか。

（その手本を、わしが示せば良いのだ）

極楽浄土をめざす大将になり、家臣たちに手本を示せば、やがてそれが領民に広がっていく。

（そうすれば反省心と慈悲に満ちた、誰もが幸せになれる国を作れるかもしれない）

こんなことを老練な武将が聞いたなら、「世間知らずの若僧が」と冷笑するだろう。

だが、青年のうちに高い理想を持ちえない者は、生涯にわたって現実に引きずられた低い軌道で生きていくだけなのである。

しかも家康は、そうした理想を実行に移す愚直なばかりの誠実さを持っていた。

「康忠、これから惣持尼寺に向かう。瀬名に会って話がしたい」

家康と康忠は惣持尼寺のある築山のふもとに馬をあずけ、長い石段を登っていった。

通いなれた修行の道である。もうすぐ山門という所まで進んだ時、頭上で烏の鳴き声がした。

あたりに住みついている烏が数羽、凄まじい勢いで飛んでいる。逃げようとする一羽に、烏たちが代わる代わる襲いかかる。

掟を破った仲間に制裁を加えているらしく、空中でつかみかかったり、鋭いくちばしで突きかかったりしている。

家康は立ち止まり、しばらくそれをながめていた。

空は晴れわたり、天のはてまで抜けるように青い。その中で仲間を殺そうとしている黒い烏たちの姿が、浅ましいとも愚かしいとも思えてくる。

だが天の目から見たなら、地上で血刀をふり回して殺し合っている武士たちも、あの烏と何ら変わるところはないだろう。

(この世だけしかないと思っている輩の行く末など)

登誉上人の言葉が脳裡をよぎり、家康は大きくひとつ息をはいた。

寺で訪いを入れると、すぐに瀬名が迎えに来た。寺に住むようになって六年。すっかり尼装束が身についていた。

「よくお越し下さいました。何だか今日は、来て下さるような気がしておりました」

いつになく明るく、言葉も弾んでいる。何かいい事があったようだった。

「元気そうで何よりだ。亀姫も変わりないか」

「ええ。近頃では歌も書もずいぶん上達いたしました」

さあ、どうぞと、瀬名は奥の部屋に案内した。

書院造りの広い部屋で、棚には書物がぎっしりと積んであった。

やがて侍女に連れられて亀姫がやって来た。

「父上さま、お久しゅうございます」

桶狭間の合戦の半月後に生まれた長女も、すでに九つになる。背丈が伸び、顔も丸みをおびて、女らしくなっていた。

「ご覧下さい。これが亀姫が書いたものです」

瀬名が文机の引き出しから巻物を取り出した。『和漢朗詠集』の和歌を書写したもので、二百十六首すべてが書いてある。今は白居易の漢詩にかかっているところだという。

「漢文も読めるのか」

家康はたいしたものだと娘をたたえた。

「まだ読めませぬが、注釈を見ながら書き写しているのでございます」

亀姫の意志の強そうな目は、瀬名によく似ている。もう四、五年もすれば、縁組みをする歳になるのだった。

「実は二月ほど前、不思議なことがありました」

そのことについて、お話し申し上げてよろしいでしょうか。瀬名が身を乗り出すようにしてたずねた。

「おお、聞かせてくれ」

「ここに通って来られる信徒の中に、夫を戦で失くしたという若い娘がおりました。夫は三年前に出陣し、乱戦の中で身方とはぐれたらしいのです」

組頭や同僚にたずねたところ、討死したのを見たわけではないが、負け戦のさなかに敵に呑み込まれたので、とても生きてはいないだろうと言う。

娘はそれでも夫が死んだとは信じられず、この寺に来て一心に無事を祈っていた。

瀬名もその健気さが不憫になり、朝夕の勤行の時に夫の無事を祈っていた。

「するとある時、御仏のお声が聞こえたのです。その者は生きている。花祭りの日に娘のもとに戻るであろう。そうおっしゃる声がはっきりと聞こえました」

瀬名は半信半疑ながら、娘を励まそうとそのことを伝えた。

すると四月の花祭りの日、夫が元気にもどってきたというのである。

「その方は戦のさなかに、頭を強く打たれて気を失ったそうです。ところが幸いなことにそのまま坂道を転げ落ち、敵の目から逃れることができました。しかし気がついた時には自分が誰かも思い出せなくなり、三年の間諸国をさまよい歩いていたというのです」

「わしもそんな話を聞いたことがある。戦場では時々あることだ」

数千、数万の軍勢が激突すれば、生と死を分けるのは紙一重の差である。

一人一人がそうした修羅場に飛び込み、手柄を立て恩賞を得ようと死に物狂いで戦うのだった。

「その二人が昨日、お礼を言いに寺を訪ねてくれました。これからは二人で田舎にもどり、田畑をたがやして地道に暮らすと、手を取り合って帰っていきました」

瀬名がいつになく機嫌がいいのは、その喜びの余韻が残っているからである。

二人の幸せな姿を見たばかりではなく、自分の祈りが御仏に通じたことで、信仰に対する確信を得たようだった。

それは家康にとっても喜ばしいことだが、城に戻る時間が迫っている。そろそろ本題に入らなければならなかった。

「今日は大事な話があって来た。しばらく二人だけにしてくれ」

亀姫と侍女に席をはずすようにうながした。

「何でございましょう。悪いことでなければいいのですが」

瀬名は気配を察して身を固くした。

「そなたにはすまぬが、今川家を滅ぼすことにした」

「…………」

「甲斐の武田と盟約し、東西から今川領に攻め込むのだ」

「なぜでしょう。三河一国の大守になられたというのに、なぜ他家の領国までかすめ取る必要があるのですか」

「武田に備えるためだ。このままでは武田は駿河を奪い取り、やがて遠江まで手を伸ばしてくる。そうなる前に遠江を取っておかねば、三河を守ることさえできなくなる」

だから武田と同盟して今川家を滅ぼし、駿河と遠江を分け合うことにしたと、家康は正直にいきさつを語った。

「それなら、今川と手を組んで武田と戦えばいいではありませんか。駿甲相の三国同盟は武田の裏切りによって破られましたが、小田原の北条家は今川との盟約を守っています。北条、今川、徳川が手を結べば、武田の侵略を止められるはずです」

「ところが武田は、信長どのと手を結んだ。それゆえわしも、武田に敵対することはできぬのだ」

「そうですか。織田の娘を信康の嫁になされたのは、そうした思惑があってのことだったのですね」

瀬名の表情が、ぞっとするほど冷たくなった。

「もしわしが今川と手を結んだなら、武田は織田と手を組んで両家を滅ぼしにかかるだろう」

それに今川家の屋台骨はすでに腐っている。もはや駿遠両国を保つ力はないと、家康は残酷な事実を突きつけた。

「なぜそんなことが言えるのですか。今川家は足利将軍家の一門で、何百年もつづいた名門です。今川義元公が討ち取られたからといって、たやすく崩れるとは思えません」

「時代は変わったのだ。将軍義輝公でさえ謀叛の輩に討ち取られたではないか」

「それは人の心が悪くなっているからです。下克上などと言って世の秩序を乱し、欲にかられて仁義も恩義も踏みにじる。そんな虎狼のような輩と手を組んだなら、あなた様も同類になるのですよ。神仏の教えに背き、人の道を踏みはずしてまで、他家の領国を奪い取る必要があるのですか」

「そなたの言う通りかもしれぬ。だが、新しい国、新しい世の中をきずくためには、切り捨てていかなければならないものもある」

「新しい国とは何です。人倫を忘れはてた方々が、新しい世の中などきずけるものでしょうか」

「新しい国とは、世の中の変化に合った新しい制度を作るということだ。すでに足利幕府や今川家のような制度では、この国を維持していくことはできなくなった。一部の者が上位にあって富や権力を独占するのではなく、誰もが自由で豊かに生きられる国をきずかねばならぬ。我々とて家臣や領民の支持を得られなければ、一日たりとも国を保つことはできないのだ」

「つまり、家臣や領民を豊かにするために他国を攻め取るという理屈ですか」

「そうではない。他国の領民が、新しい制度によって国をきずき直してくれる主君が来るのを待っている。駿河や遠江の領民たちも、今川家を見限って信玄どのやわしに希望を託そうとしているのだ」

その証拠に駿河の国衆(くにしゅう)は今川家を見限り、次々に武田に寝返っている。家康はそう告げた。

「どうしてそんなことが分かるのですか。他家のことだというのに」

「忍びを入れて調べている。すでに誰が武田に通じているかまで分かっているのだ」

「誰です。その者たちの名を教えて下さい」

「それを聞いてどうする。今川にでも知らせるつもりか」
「いいえ。本当かどうか知りたいだけです」
瀬名は今川家の出であることに強い誇りを持っている。その家が腐った柿のように崩れ落ちていくことに、我慢がならないようだった。
「口にはせぬ。よく見ておけ」
家康は瀬名の側に身を寄せ、床に指で内通者の名前を書いた。
　瀬名左衛門佐信輝
　葛山氏元
　朝比奈兵衛大夫信置
　岡部次郎右衛門尉
　三浦右馬介
いずれも駿河でその名を知られた武辺者である。
彼らが武田信玄の駿河侵攻に呼応して寝返ったなら、今川氏真は一日たりとも駿府を守り抜くことはできないはずだった。
「そんな……、瀬名や朝比奈、岡部まで」

「信じたくないのは無理もない。だが、この者たちも好きこのんで返り忠をしているわけではない。家臣たちの意見に押されて、今川家を見限らざるを得なくなったのだ」

「きっと甲州金に目がくらんだのでしょう。だから恥も外聞もなく……」

「そうではない。家臣や領民が、己の欲するままに生きたがっているのだ。古い仕来りや価値観でそれを止めることはできぬ」

瀬名は反論する言葉を失い、肩を落として涙を流した。

「気の毒だが、悪いことばかりではない。今川家が亡びたなら、そなたが間者だと疑う者はいなくなる。晴れて岡崎城に入り、信康と暮らすことができるようになる」

少しでも楽にしてやりたくてそう言ったが、瀬名は押し黙って泣きつづけるばかりだった。

家康は重い気持ちで惣持尼寺の山門を出た。

「一日も早く、おおせの通りになることを願っております」

家康の辛さを見かねたのか、康忠は涙ぐんでそう言った。

第二章
今川滅亡

永禄十一年（一五六八年）勢力図
越後
上杉氏
越中
信濃
武田信玄
飛驒
北条氏
美濃
織田信長
甲斐
武蔵
相模
尾張
近江
徳川家康
今川氏
駿河
三河
遠江
伊豆

武田信玄と織田信長、徳川家康の同盟によって、天下は大きく動き出した。

飛驒、信濃を領する武田の脅威から解放された信長は、この年永禄十一年(一五六八)九月七日に足利義昭を奉じ、四万の大軍をひきいて岐阜を出発。

近江の六角承禎(義賢)、山城の三好三人衆を撃破し、九月二十六日に入洛をはたした。

将軍となった義昭は、この働きに報いるために副将軍か管領に任じようとしたが、信長はきっぱりとこれを拒否した。

かわりに求めたのが、泉州堺と江州草津に代官を置く、つまり直轄領にすることだった。

一方、家康は遠州侵攻にそなえて国衆への調略工作を急いでいた。

井伊谷三人衆と呼ばれる菅沼忠久、近藤康用、鈴木重時。

遠州中部の匂坂吉政、久野宗能。

二俣城の鵜殿氏長、松井宗恒。

そして高天神城の小笠原氏助。

残念ながら家康には銭がない。

信玄のように甲州金に物を言わせることもできないので、一人一人に書状をしたため、旧領の安堵を保証し、徳川家との縁組みを勧める。

効果の薄い地味なやり方だが、根気と熱意をもってつづけるしかないのだった。

十一月中頃になって、信玄が盟約の起請文を求めてきた。

使者は牛山外記である。

「わが殿は来月早々に駿河へ兵を進められます。ついては時を同じくして遠江へご出馬いただける旨、起請していただきとうございます」

「すでに盟約は成っておる。重ねての起請は無用じゃ」

家康は難色を示した。

「出陣前に神前に供え、将士の心をひとつにしたいとお望みでございます」

「ならば、そちらからも起請文を持参すべきであろう」

「すでに織田どのに差し出しておられます」

だから家来筋の徳川に出す必要はないと、高飛車な態度である。しかも手回し良く案文まで用意していた。

「このままでよろしければ、ご署名と血判をお願い申し上げます」

起請文には今川家を攻めるにあたっての条件が記されていた。

要点は次の二つである。

武田は駿河に、徳川は遠江に、時を同じくして攻め込む。

所領の分配については、駿河は武田に、遠江は徳川に優先権があるが、競望する所については切り取り次第とする。

「競望する所とは、駿河、遠江の国境という意味であろうな」

家康は念を押した。

「さよう。互いに手柄を競い合った方が、今川攻めのはかがいくものと存じます」

「それでは次のように改めさせてもらう」

家康は矢立てを取り出し、駿遠の国境において競望する所は、と加筆した。

「これで、いかがかな」

「異存はございませぬが、このように訂正があっては見苦しゅうござる」

「案ずるには及ばぬ」

家康は松平康忠に起請文を清書させ、署名と血判をした。

それから五日後、服部半蔵が意外な知らせをもたらした。

「信玄公のご本心は、いまだに両川自滅のようでございます」

「馬鹿な。こちらは起請文まで出して、約をたがえぬと誓ったのだぞ」

「お世継ぎになられた勝頼公の館に、侍女としてもぐり込んでいる者がおります。その者が勝頼公と近習の話を耳にして参りました」

このたびの出陣の狙いは駿河だけではない。今川と徳川が遠江で戦い疲れるのを待ち、織田と呼応して両家を滅ぼし、遠江を手に入れる。

勝頼はそう語っていたという。

「信長どのも、ご同意あってのことか」

「そこまでは分かりません。しかし信玄公は、織田にこのことを認めさせるために、飛驒を引き渡す所存のようでございます」

「遠江と飛驒を、引き替えにすると申すか」

その条件なら、信長も取り引きに応じるかもしれない。家康は背筋に寒気を覚え、われ知らず親指の爪をかんでいた。

翌日、酒井忠次と石川家成を茶室に招いた。

「半蔵が甲斐の動きを知らせてきた」

家康は点前をしながら信玄の計略を語り、どう対処すべきか意見を求めた。

「武田はすでに駿河の調略を終え、国衆の大半を身方に引き入れているようでございます。信玄公がご出馬されたなら、駿府城は数日のうちに攻め落とされましょう」

遠州攻めの最前線にいる忠次は、駿河の情勢を詳細に調べ上げていた。

「ならば、我らはどうする」

「遠江の国衆の調略を急ぎ、武田に大井川を渡らせぬようにするべきと存じます」

「されど、掛川城には朝比奈泰朝どのがおられます。歴戦の強兵ゆえ、ここを抜くのは容易なことではござるまい」

石川家成が懸念を示した。

掛川城を残したまま大井川まで兵を進めては、背後をつかれるおそれがあった。

「それに信玄公が両川自滅の策をめぐらしておられるのなら、兵の消耗をさけて武田の出方をうかがうべきと存じます」

「おおせはもっともと存ずるが、すでに武田と誓約しておる。それに背いては、武田と同盟しておられる信長公への聞こえも悪かろう」

忠次がおだやかに反論した。

「まずは掛川城を攻めるべきでござる。短日のうちに攻め落とせたなら重畳。たとえ落とせずとも、盟約をはたしていると言い張ることができましょう」

「忠次、先ほど駿府城は数日のうちに落とされると申したな」

「さよう。申しました」

「数日とは五日か七日か、それとも十日か」

「今川に身方しておられる北条氏康公の出方によりますが、早くて七日、遅くとも十日と存じます」

「されば氏真どのは、どうなされる」

「朝比奈どのを頼って、掛川城に逃れようとなされましょう」

「その時、我らが掛川城や大井川西岸まで兵を進めていたなら、氏真どのは道を断たれ、駿府で討死するか降伏するしかなくなる」

「武田と盟約を交わしたからには、致し方なきことと存じます」

「その盟約の裏で、武田は両川自滅の策をめぐらしておる。ならば氏真どのを討たせては、武田の動きを封じる駒を失うことになるのではないか」

「お考えが分かりません。今川家が亡びた方が、遠江の今川方を調略しやすいと存じます」

「武田が一気に遠江まで攻め込んできたならどうする。その時今川家が亡んでいたなら、小田原の北条氏康どのは武田の背後をつこうとはなされまい」

「今川を生かして、北条どのに武田を牽制させるお考えでございますか」

なるほど妙案と、家成が膝を打った。

家康より八つ歳上で、子供の頃から指南役として仕えている。それだけに武将としての成長がひときわ嬉しいようだった。

「康忠、あれを持て」

家康が声をかけると、松平康忠が茶道口から絵図を差し出した。

東日本の大名の勢力を描いたもので、徳川、今川、織田、武田、北条、そして越後の上杉の領国が色分けしてあった。

徳川、織田、武田が盟約を交わし、今川、北条、上杉がこれに対抗している。

もし今川が亡びたなら、両者の勢力の均衡がくずれ、甲斐、信濃、飛驒、駿河を領する大国になった武田が、一気に遠江を攻め取ろうとするおそれがある。

その時信長は、飛驒を引き渡すという信玄の申し出に応じて家康を見捨てるかもしれない。

たとえ見捨てなくても、上洛して畿内の制圧を進めている最中なので、援軍をさし向ける余裕はないだろう。

そうなれば家康は、北条と上杉に好を通じ、武田を背後から牽制してもらうほかに対抗手段がないのだった。

「よく分かり申した。今川氏真どのが掛川城まで逃れるのを待ち、武田と北条の出方を見極めるということでございますな」

忠次が腕組みをして絵図を睨みすえた。

三人とも茶事のことは忘れている。静まりかえった茶室に、煮えたぎった釜がたてる音だけが大きくひびいていた。

武田信玄が動いたのは十二月六日。

一万二千の精鋭をひきいて甲府を発し、国境の峠をこえて駿河に攻め入った。

真冬の到来を待って行動を起こしたのは、深い雪に閉ざされて上杉軍が動けないことを見越してのことだった。

一方、信玄は北条家にも使者を送り、このたび駿河に攻め込むのは、今川氏真が上杉家と手を結んで武田家滅亡を企てたからだと釈明している。

それが言い訳にすぎないと取られることは百も承知しながら、北条家に敵意はないと示すことで、背後をつかれることを避けようとしたのだった。

武田軍は数日のうちに大宮城（富士宮市）まで進撃し、東海道を通って駿府に攻め入る構えを取った。

これに対して今川氏真は、庵原忠胤に一万余の軍勢をさずけ、薩埵峠で迎え討とうとした。天然の要害に拠って武田軍を食い止め、北条氏康の来援を待つことにしたのである。

ところが今川勢の主力である瀬名信輝、朝比奈信置、葛山氏元ら二十一人の武将が、信玄の調略に応じて寝返ったために、薩埵山から退却せざるを得なくなった。

武田軍がこれを追って十二月十三日に駿府に攻め入ると、氏真は戦うことなく城を脱出し、掛川城の朝比奈泰朝のもとに身を寄せた。

この頃、北条家は氏真を助けようと軍勢を動かしている。十二日には北条氏政が小田原を発ち、沼津に陣を張った。

十三日には薩埵山の守備にあたっていた武田勢を追い散らし、興津川の東岸まで兵を進めた。

　このため信玄は駿府城を落としたものの、今川と北条に前後を囲まれ、甲府への退路を断たれることになったのである。

　こうした情勢を見ながら、徳川家康はゆるゆると遠江への侵攻作戦を進めていた。

　十二月十日に吉田城を出陣し、本坂峠をこえて遠江へ足を踏み入れた。

　これに呼応して井伊谷三人衆の菅沼忠久、近藤康用、鈴木重時らが身方に参じ、今川方となっていた井伊谷城を攻め落としたために、女城主として名を馳せた井伊直虎を身方につけることができた。

　匂坂郷（磐田市）の匂坂吉政、久野城（袋井市）の久野宗能も、家康の調略に応じて参陣し、難なく天竜川をこえることができた。

　予想以上に順調な進軍だが、家康は日々薄氷を踏む思いをしていた。

　敵は氏真ではなく、両川自滅を狙う信玄である。

　少しでも隙を見せれば思わぬ所から付け入られそうで、一瞬たりとも気を抜くことができなかった。

家康は天竜川西岸の曳馬城（後の浜松城）にとどまって計略をねった。

掛川城には朝比奈泰朝以下三千余人が立てこもり、今川氏真を守り抜く構えを取っている。

城は堅固で城兵の士気も高く、力攻めすれば身方にも相当の犠牲が出る。

しかも不気味なのは、犬居城（浜松市）の天野景貫と堀越城（袋井市）の堀越氏延が武田に心を寄せていることだ。

掛川城攻めに手間取ったなら、信玄の別動隊が信濃から天竜川ぞいに攻め下り、彼らを身方に引き入れて背後から襲いかかってくるだろう。

（この二人を調略しなければ、掛川に攻めかかるわけにはいかぬ）

家康は遠江の絵図を見ながら考えを巡らしたが、二人を調略する決め手がなかった。


事が起こったのは、十二月十七日だった。

危惧していた通り、武田の別動隊が天竜川ぞいに侵攻してきたのである。

「敵はおよそ三千。大将は秋山伯耆守虎繁どのでございます」

いち早く使者を寄こしたのは鵜殿氏長だった。

氏長は豊川で命を助けられた恩に報いるために、松井宗恒とともに身方に参じることにしたという。

「二俣城はどうしている」

「籠城して武田を迎え討つと一決しましたが、敵は城を素通りして南に向かっております」

「分かった。氏長どのと松井どのに、働き大儀と伝えよ」

家康はその場で二人にあてた書状を書き、旧領の安堵と新たな加増を約束した。

秋山虎繁がひきいる武田勢は、遠州見付（磐田市）まで南下し、ここに布陣していた徳川方の先陣部隊を追い払った。

しかも虎繁は西に向かって布陣し、曳馬城の家康に備える構えを取ったのである。

（やはり、来たか）

家康は動転しそうになる気持ちをおさえ、懸命に冷静さを保とうとした。

だが武田信玄の名が放つ威圧感は圧倒的で、とても勝てる見込みはないと、体が本能的にすくみ上がっている。

恐ろしさに浮足立って、頭はまとまりもなく空回りをつづけていた。

「馬鹿者、うろたえるな」

どこかでそんな声がした。

家康ははっと我に返り、念持仏の前に座って念仏をとなえた。

「南無阿弥陀仏　南無阿弥陀仏……」

心の中で、時には我知らず声に出して、無心に念仏をとなえていると、「この世は広大無辺の仏国土の中の、けし粒ほどの存在にすぎぬ」という登誉(とうよ)上人の言葉が脳裡(のうり)によみがえった。

そうした目で己をふり返ると、本当にけし粒ほどの存在に思えてくる。

たかが人間、火花のように短い一生なら、何をくよくよ思い悩むことがあろう。

大事なのは結果ではなく、この世を極楽浄土に近付ける努力をつづけることなのだ。

(その点において、わしも信玄も変わるところはあるまい)

この世を御仏の目で相対化することによって、家康は初めて信玄の巨大な影から解き放たれ、冷静に物事を判断する自由を取りもどした。

(信玄は、焦っている)

今川家を亡ぼして駿河、遠江を取るために、信玄は嫡男義信を犠牲にして兵を動かした。

ところが今川氏真が駿府から逃げ出して掛川城に立てこもり、北条氏康、氏政が興津川以東を押さえたために、背と腹に敵を受ける窮地におちいっている。

だから一刻も早く形勢を挽回しようと、なりふり構わず秋山虎繁に遠江への侵攻を命じたのだ。

当初は家康が掛川城に攻めかかり、両軍が疲弊するのを待って秋山勢を進軍させるつもりだったろうが、緒戦でつまずいたために作戦を変えざるを得なかったのである。

（信玄坊主め、さぞあわてておろうて）

織田信長の物言いを心の内で真似ながら、家康は信玄のつまずきに付け入る策を考えた。

戦略的にも精神的にも優位に立っているのだから、ここは強気に出るべきである。高飛車に出て秋山勢を駿府に引き取らせなければならない。

よしとひとつ気合を入れ、家康は石川数正を呼んだ。

「これから駿府城に使いし、わしが激怒していると伝えよ」

「秋山勢の違約の件でございますな」

さすがに数正は飲み込みが早い。

家康に呼ばれた時から用件を察していた。

「そうじゃ。見付の秋山勢を数日のうちに引き取らねば、先の誓約は破棄する」

「わびを入れ、信濃に引き上げさせると言われたなら、いかがいたしましょうか」

「信玄は我らを罠(わな)にはめるために石を吊(つ)り上げ、時機を誤って落としかけた。もう一度吊り上げさせてたまるか。天竜川ぞいの道は二俣城の鵜殿と松井が封じているゆえ、無事に通ることはできぬと言ってやれ」

「書状はお書きになりませぬか」

「書く気にもならぬ。それほど腹を立てておるのじゃ」

数正にも激怒したふりをしながら、早く行けと急(せ)き立てた。

それから三日がたち四日が過ぎても、数正はもどってこなかった。

駿府までは往復二日、遅くても三日でもどると見込んでいた家康は、次第に不安になってきた。

信玄は窮地におちいっているのではなく、駿河や遠江を制圧する手筈をととのえ、見付に配した秋山虎繁と一手になって、天竜川を押し渡って来るのではないか。

次々と疑念がわき上がり、今にも風林火山の旗を押し立てた数万の軍勢が襲いかかってくる気がした。

（数正は何をしておる。もどれぬのなら、使者をよこして事情を知らせれば良いではないか）

八つ当たりしたくなったが、駿府城で武田の監視下におかれたなら、とてもそんなことはできないと分かっている。

あるいは信玄は家康の強硬な態度に腹を立て、数正の首を送り返してくるかもしれなかった。

（南無阿弥陀仏　南無阿弥陀仏）

家康は神仏の教えにすがろうとしたが、今度ばかりは動揺が大きすぎて心は一向に静まらなかった。

曳馬城での滞在が十日を過ぎた頃、服部半蔵が遠江、駿河の情報を知らせに来た。

「武田は遠江の国衆に猛烈な調略を仕掛けております。甲州金五百両（約四千万円）、千両をつんでの誘いに、高天神城の小笠原氏助どの、馬伏塚城の小笠原氏興どのは武田に応じると決め、信玄公のもとに伺候する仕度を進めておられるようでございます」

「北条はどうじゃ。興津川から動かぬか」

「こちらにも武田が調略を仕掛け、駿河、遠江と上野を引き替えにする交渉にかかっているようでございます」

北条がその条件を飲んで兵を引いたなら、信玄は後顧のうれいなく遠江に兵を進めることができる。

小笠原一族や匂坂吉政、久野宗能などにそう告げて、早く身方になるように迫っているのだった。

「その調略が成るかどうかを見極めてから、信玄はわしに返事をするつもりだな」

いくら腹を立てようが、お前には何もできまい。信玄にそう言われている気がして、家康はわれ知らず親指の爪をかんでいる。

近頃はそれに加えて貧乏ゆすりをする癖までついていた。

「小笠原信九郎を呼べ」

三河の幡豆城主である信九郎安元は、小笠原氏助の縁者だった。

「そちはこれから高天神城に出向き、当家に身方するように説き伏せよ。恩賞は乞うに任すと伝えるのじゃ」

大きなことを言って信九郎を発たせたが、当面の軍用金も与えられないようでは、さして効果があるとは思えなかった。


その夜、家康は夢を見た。

遠江の国衆や譜代の重臣たちが次々と離反し、敵に追われてただ一騎で逃げていた。

すると前方に夏草が生い茂る野原がある。

やれ嬉しや。あそこに逃げ込めば姿を隠せると馬を乗り入れたが、とたんに馬がつまずいて地面に投げ出された。

そこは砂地で、ずるずるとすべり落ちていく。

はっとあたりを見回すと、巨大な蟻地獄だった。しかも砂の渦巻きの底には、巨大な怪物となった信玄が、牙をむき目をらんらんと光らせて待ちかまえていた。

「うわぁぁ」

家康は喉が裂けるような叫び声を上げ、自分の声に驚いてはね起きた。

冬だというのに夜着がびっしょりになるほど寝汗をかいている。首筋に手を当てると、血のようにぬるりとした汗がこびりついた。

「殿、大事ございませぬか」

宿直(とのい)をしていた松平康忠が、手燭(てしょく)をかざして駆けつけた。

「何でもない。夢にうなされただけだ」

「お寝間着(ねまき)が汗で濡(ぬ)れております。早く着替えないと、お風邪を召されまするぞ」

手燭を柱に固定し、康忠が夜着をぬがせにかかった。

「無用じゃ。下がっておれ」

家康は邪険に突き飛ばした。

悪夢にうなされる自分の弱さに腹が立つ。康忠の気持ちは有り難いが、こんなみじめな姿を見られたくはなかった。

永禄十一年（一五六八）も押し詰まった頃、牛山外記が信玄の使いとしてやって来た。

「石川数正はどうした」

対面所に入るなり、家康は待たされつづけた苛立ちをぶつけた。

「駿府城で殿と囲碁に興じておられます」

「なぜ同行せぬ」

「好敵手ゆえ、殿がお放しにならないのでござる」

外記は子供だましのような言い訳をして、家康の抗議に対する釈明を始めた。

「秋山伯耆守が遠江に入ったのは、殿と合流するために駿府に向かおうとしたのでござる。誓約を破るつもりは毛頭ございませぬ」

「ならば何ゆえ、当家の先陣部隊に槍を向けた」

「宿営地をめぐって、小競り合いが起きただけでござる。槍を向けたのではありません」

「それが事実なら、すぐに見付の陣を引き払い、駿府に向かってもらおう」

「そうするべきと存ずるが、伯耆守が急な病でふせっております。今しばらくご猶予をいただきたい」

「しばらくとは、何日ばかりじゃ」

「それは回復の具合によりますので、今は何とも申せませぬ」

「それなら秋山どのを、この城で預かって養生させる。軍勢は駿府に向かわせるが良い」

「おそれながら、伯耆守がそれを承知するとは思えません」

「なぜじゃ。我らは同盟して今川を攻めると誓約した、身方同士ではないか」

誓約にそむいていないと言うなら、秋山虎繁がこの城に入るか、軍勢をひきいて駿府に向かうか、行動をもって実のあるところを示せ。

それ以外に解決の道はないと、家康は外記を睨み据えて返答を迫った。

「困りましたな。そのように性急に出られては」

話を先に進められぬと、外記が薄笑いを浮かべた。

「武士の情けという言葉がござる。病に倒れた伯耆守にそのように手厳しくなされては、徳川どのの評判にも関わりましょう」

「わしの評判だと」

「徳川どのは律義で情け深いお方だと、甲斐にも聞こえておりまする。それゆえわが殿も、深く頼みにしておられるのでござる。その評判を自ら損なわれるのは、得策とは言えますまい」

「やかましい」

家康は立ち上がりざま脇差を抜き放ち、外記のもとどりを切り落とした。

抜く手も見せぬ瞬息の動きに、外記は何が起きたかさえ分からなかったほどだった。

「そちは起請文を求めた時に、武田が誓約を破ることはないと明言した。それが破られたからには、もはや使者の資格はない。素っ首を叩き落とされても、文句を言える筋合いではないのだ」

「それがしは信玄公の使者でござる。このように無礼なことをして……」

「そちでは物の役に立たぬ。駿府にもどって信玄どのに伝えよ。年が明けぬうちに物の分かる使いを寄こし、見付の兵を引くように確約せよと。むろん石川数正も返してもらわねばならぬ」

強硬な姿勢を取りつづけたが、大晦日になっても信玄は返答の使者を寄越さなかった。見付の秋山勢も居座ったままだった。

永禄十二年（一五六九）、巳の年が明けた。

ところが正月三ヶ日が過ぎても、信玄からの使者は来ない。家康は曳馬城で平然と新年の行事をこなしながらも、内心では薄氷を渡る思いをしていた。

新年の冷え込みはことの外きびしく、浜名湖には氷がはり詰めている。信濃から吹きつけてくる北風も強く、城の中は氷室のように冷え込んでいた。

家康は服部半蔵を呼び、遠江の国衆の動きをたずねた。

「さして変わりはございません。天野、堀越は武田方。高天神城には小笠原安元どのが行かれましたが、いまだに城主との対面もかなわぬようでございます」

半蔵のもとには配下からの知らせが刻々ととどいていた。

「匂坂吉政や久野宗能はどうした」

「お二人は当家に身方しておられますが、一門の中から寝返る者が出るのは避けられないようでございます」

「何か、いい知らせはないか」

「残念ながら、今のところは」

「分かった。引きつづき励んでくれ」

信玄はここが勝負所と見て、国衆への調略を強化している。

もし秋山勢を見付から退散させることができなければ、弱腰を見透かされてますます窮地におちいることになる。

家康は何とかそれを喰い止めようと踏ん張っているが、重圧は日に日に大きくなっていく。

時には気力が萎え、天竜川東岸をあきらめて信玄との関係を修復したほうがいいのではないかと思うほどだった。

（いや、そうはいかぬ）

家康は弱気の虫を追い払い、北条氏康あてに文を書くことにした。

このたびやむを得ず遠江に出陣したが、今川家を亡ぼすのは自分の本意ではない。必ず氏真公の身が立つように計らうので、武田の背後をおびやかして遠江に侵攻できないようにしてほしい。

なりふり構わずそう記し、血判した起請文を添えて使者に託した。

それがどれほどの効果を発揮するか分からないが、何かをせずにはいられないのだった。

正月七日は七草の節句である。

芹やなずな、御形にはこべらなど、春の七草を入れた粥を食べて無病息災を祈る。

その日の朝、近習の松平康忠が頼みがあると申し出た。

「男手だけでは粥もうまく作れませぬ。岡崎から人を呼び寄せましたので、会っていただけないでしょうか」

「誰じゃ」

「殿もよくご存じの方でございます。どうぞ、こちらに」

家康の返答も待たずに次の間に案内した。

冷えきった板の間に、お万が待ち受けていた。家康の六歳下の従妹で、岡崎城で信康の侍女頭をつとめていた。

「そちが何ゆえ、ここにいるのじゃ」

「康忠さまが曳馬城に来るようにおおせられましたので、若殿のお許しを得て参りました」

お万はためらいなく家康の目を真っ直ぐに見つめた。

気が晴れるような明るい瞳である。

しばらく会わないうちに少し太って、祖母の源応院にますますよく似ていた。

「わしはそのようなことなど命じておらぬ」

「それがしが一存で計らったことでございます。ご出陣が長引き、身の回りの世話をする者が必要と思いましたので」

お怒りとあらばどのような処罰も受けると、康忠が先回りしてわびを入れた。

「さようか。お万もそのつもりで来てくれたか」

家康は嬉しさをかみ殺してたずねた。

「はい。何なりとお申し付け下されませ」

「母上はこのことをご存じか」

「岡崎を出る前に、ご報告申し上げました」

「何とおおせであった。あのお方は」

「戦場(いくさば)におもむくのですから、家康さまと生死を共にするように。そうおおせられました」

お万は覚悟の定まった決然とした表情で、於大(おだい)は戦勝を祈って毎朝水垢離(みずごり)をしていると告げた。

「水垢離を、母上が」

「はい。年明け以来、雪の降る日も氷の張る日も、欠かされたことはございませ ん」

「さようか。あのお方が……」

家康は胸の芯が熱くなり、不覚にも涙を浮かべた。

その日の夕方、家康は重臣たちを集め、お万が作った七草粥をふるまった。

酒井忠次、石川家成、本多広孝、鳥居元忠ら、最前線で武田軍との睨み合いをつづけている者たちが、塩気のきいた粥をつまみに酒を酌み交わした。

「粥だけとは、いささか淋しゅうござるな」

酒好きの忠次が不満をもらした。

「お万どのが作って下されたのじゃ。芹もなずなも入って、ひときわ美味ではござらぬか」

大喰いの元忠がさっそくお代わりをした。

「さよう。これも康忠どのの手柄じゃ。殿に今何が必要か、よう分かっておられる」

お万を呼び寄せた松平康忠の心配りを、家成が誉めた。

「そうではありませぬ。それがしでは用が足りぬゆえ、ご足労いただきました」

汗に濡れた寝間着を替えさせようとして突き飛ばされた。あの時に康忠は自分の無力を痛感したという。

「悪意があってのことではない。不様なところを見せたくなかったのだ」

家康は弁解したが、康忠は主君にそう思わせたところが無力の所以だと言った。

「もしあれがお万どのなら、そのようなご遠慮はなされまい」

「なるほど、康忠どののおおせの通りじゃ」

どうりで今日は殿のお顔がおだやかだと、元忠がはやし立てた。

本多忠勝や榊原康政も同席しているが、先輩たちへの遠慮がある。給仕の手伝いに回り、神妙な顔で粥をよそったり酒をついだりしていた。

夜、お万は寝屋まで供をした。

火鉢の炭は赤々と燃えているが、寝屋は冷え込んでいる。

家康は鎧直垂をぬぎ、寝間着に着替えた。

お万は甲斐甲斐しく手伝い、ぬいだ直垂をきちんとたたんでいる。女でなければ行き届かない気の配りようだった。

「今夜は寒い。共寝してくれるか」

そんな頼みがすんなりと口にできるのは、血がつながっている気安さからだろう。

「でも、仕度もとといませぬゆえ」

「仕度などいらぬ。ここに参れ」

ためらうお万を、家康は夜具の中に引き入れた。

「こんな夜は、肌を合わせて寝たほうが暖かい。そちも脱げ」

「ええ、でも……」

「子供の頃、おばばさまが裸で添い寝してくだされたものだ。すまぬが、その役をしてもらいたい」

「分かりました。これでよろしゅうございますか」

お万は帯をとき、小袖をぬいで一糸まとわぬ姿になった。豊かな乳房が火鉢の炭火に照らされ、闇の中に浮き上がった。

横たえて抱き寄せても、胸の前に腕を寄せて体を固くしている。たわむれに隠し所に手を伸ばすと、体をぴくりと震わせて太股をきつく合わせた。

「初めてか」

「はい。申し訳ございませぬ」

「固くならずとも良い。今夜はおばばさまの代わりをしてもらいたいだけじゃ」

「源応院さまの」

「淋しい時や辛い時に、おばばさまの胸に顔をうずめて寝た。すると安心して、いつの間にか眠ったものだ」

「こうで、ございますか」

お万が家康の頭を胸に抱き寄せた。

おばばさまとはちがう張りのある乳房が、家康の顔を包み込んだ。

「そうじゃ。そうして背中をなでてくれ」

お万は言われた通りにした。

家康は目をつむり、子供の頃に思いを馳せた。

いつ殺されるかとおびえながら駿府で暮らしていた頃、おばばさまの胸だけが心安まるたったひとつの場所だった。

「そなたは良い子じゃ。強い強い侍の子じゃ」

おばばさまに呪文のように励まされているうちに、強くならねばならぬという覚悟が自然に定まっていったのだった。

「のうお万。わしは弱い男じゃ」

だから強くならねばならぬと、常に自分に言いきかせてきた。

武士らしくあらねばならぬ、人にあなどりを受けてはならぬと、肩ひじを張って生きてきた。

だがそれは強い男を演じていただけで、本当の自分とはちがう。素にもどって本音をさらけ出せるのは、こうしている時だけだった。

「わしはとても信玄どのには勝てぬ。信長どののような才もない。大恩ある今川どのを、亡ぼしたくもないのじゃ」

「さようでございましょう。家康さまは心根のやさしい正直なお方ですもの」

お万はなぐさめながら背中をさすりつづけた。

「わしは人を殺したくはない。女子供が戦に巻き込まれて泣き叫ぶのを見たくもない。何もかも投げ捨てて、どこかの山奥でひっそりと暮らしたいのじゃ」

それは子供の頃から持ちつづけた逃避願望だった。辛いことと悲しいことがあるたびに、どこかへ逃げ出したいと思ったものだ。

「大丈夫ですよ。家康さまは誰よりも強くお成りあそばします」

お万は顔を寄せて家康の涙を舌ですくい取った。

まぶたから鼻の先まで、獣が傷口をなめるように舌をはわせていく。そのいたわりを受けながら、家康はいつの間にか眠りに落ちていた。

一月九日、石川数正がもどってきた。

背の低いずんぐりとした僧形（そうぎょう）の武将をともなっていた。

「穴山梅雪（あなやまばいせつ）さまでございます。駿府ではこのお方に大変お世話になりました」

「梅雪斎不白（ばいせつさいふはく）でございます。牛山外記が不届きゆえ、殿の使者として参り申した」

天文（てんぶん）十年（一五四一）の生まれなので、家康よりひとつ年上である。母が信玄の姉というだけでなく、信玄の次女を妻にする二重の縁で結ばれている。

一門の中でもぬきんでて重用され、信玄の駿府侵攻に際しては今川家重臣の調略役をつとめていた。

「貴殿のご盛名はうかがっておる。して、信玄どのの返答は」

家康は鷹揚（おうよう）に構えて余裕のあるところを見せつけた。

お万のお陰で人に言えない思いを吐き出したせいか、全身に若水をあびたようにすっきりした気持ちになっていた。

「殿は家康どののご不審はもっともであるとおおせられ、秋山勢を駿府に引き取ることになされました」

梅雪が油紙に包んだ信玄の書状をうやうやしく取り出した。

一月八日付の書状には、次のように記されていた。

「秋山伯耆守以下の信州衆、そこ表に布陣す。これにより遠州競望たるべきの様、御疑心の由候。所詮、早々秋山を始めとして、下伊那衆を当陣に招くべく候」

遠州競望たるべきの様、御疑心の由候とは、信玄が遠江まで侵略しようとしていると、家康が疑っているという意味である。

しかしそんな意図はないので、秋山らを駿府に呼び寄せるという。信玄は家康の抗議を受け容れ、要求通り兵を引くことにしたのだった。

「さようか。それで撤退の期日は」

湯のような安堵が家康の胸を満たしたが、ここで手をゆるめるわけにはいかなかった。

「ここに来る途中に、見付で伯耆守にこの旨を伝えて参りました。今日にも陣払いをするものと存じます」

「まことか。数正」

「それがしもその場に立ち会いました。おおせの通りでございます」

「信玄どののご本意、しかと分かった。お役目、大儀にござる」

家康は褒美の太刀を梅雪に与え、馬を出して天竜川まで見送ることにした。

川は冬枯れで水量が少なくなり、両側には干上がった河原が凍土となって広がっていた。

ここから見付の様子を見ることはできないが、秋山勢が駿府に向かって動き出したことは、服部半蔵の報告によって確かめていた。

「それではご誓約の通り、掛川城攻めにかかっていただきたい」

別れぎわに梅雪が念を押した。

「今日にも出陣の下知をいたす。信玄どののお計らいに感謝申し上げるとお伝え下され」

三騎の供を従えた梅雪は、秋山勢に追いつこうと急ぎ足で川を渡っていく。

家康は勝利の喜びをかみしめながら、

「信玄どのが兜(かぶと)をぬがれた原因は何じゃ」

石川数正にたずねた。

「駿河、遠江と上野を引き替えるという餌(えさ)に、北条どのが飛びつかれなかったことでござる。それにいつまでも駿府にとどまっていては、越後の雪がとけまする」

春になったなら、上杉輝虎(てるとら)(謙信)が信濃に侵攻してくるおそれがある。それまでに甲府にもどらなければ、本国甲斐さえ危うくなるというのである。

「そちは駿府で囲碁に興じていたそうだな」

「さよう。刃(やいば)の上で碁を打つのも、なかなか乙(おつ)なものでございます」

「信玄どのをどう見た」

「当代随一の大将と存じます。智略の冴えは尋常ではなく、威風はあたりを払っております。配下の軍勢が一糸乱れぬ統率を保っているのも、信玄公のご威光によるものでございましょう」

ところがこの英傑(えいけつ)にもひとつだけ欠点があると、数正が信玄を見下す言い方をした。

「何じゃ。申してみよ」

「己の力を頼むあまり、人の意見に耳をかされぬことでござる。それゆえ心を許せる友も、諫言する重臣もおらぬものと存じます」

「さようか。強さも時には仇となるか」

弱さを自覚することが、次の強さにつながっていく。家康はそのことを会得したような手応えを感じていた。

翌日、家康は五千の軍勢をひきいて天竜川を押しわたり、見付に布陣した。

外交戦で信玄に勝利したことは、遠州一円に知れわたっている。機を見るに敏い国衆は、次々と家康のもとに集まってきた。

真っ先に駆け付けたのは、鵜殿氏長、氏次兄弟と二俣城主の松井宗恒だった。

「その方らは先の遺恨を捨て、秋山勢の南下の際には城に立てこもって我らの楯とならんとした。その働き、殊勝である」

家康はねぎらいの言葉をかけ、手ずから感状を渡した。

「豊川で命を助けていただき、目が覚め申した。我ら兄弟、これからも殿の御楯となって働く覚悟でございます」

氏長が感状を受け取り、氏次に披露した。

「松井どのも、今日までよく二人を支えて下された。侍とは貴殿のごとくありたいものでござる」

「身にあまるお言葉、かたじけのうござる」

宗恒が感極まって声を詰まらせた。

次に犬居城主の天野景貫が五百の兵をひきつれて参陣した。初めは武田に身方していたが、形勢の変化を見て家康に下ったのだった。

匂坂城の匂坂吉政、久野城の久野宗能も兵をひきいてやって来た。

二人とも武田の調略によって家中を分裂させられかかったが、何とか乗り切って初志を貫いたのである。

井伊谷城の井伊直虎も菅沼忠久、近藤康用、鈴木重時ら井伊谷三人衆をひきいて参陣し、浜名湖畔の今川方の城を攻めるにあたっては、先陣をうけたまわりたいと申し出た。

一番嬉しかったのは、高天神城につかわしていた小笠原信九郎安元が、城主小笠原氏助の使者をともなってもどってきたことだった。

「殿、小笠原どのが身方に参じて下されましたぞ」

安元が誇らしげに報告した。

「主からの書状でござる。ご披見下され」

使者が差し出した書状には、高天神城の氏助も馬伏塚城の氏興も身方すると記されていた。

「でかした。信九郎」

「それがしの手柄ではござらん。殿が信玄公に勝たれたゆえ、小笠原どのも意を決して下されたのでございます」

「見よ。小笠原どのは身方すると血判して誓って下された。有り難いことじゃ」

家康は書状を押しいただいてから重臣たちに回した。

これで遠江の大半は身方になったことになる。残る有力者は、堀越城（袋井市）の堀越氏延だけだった。

一月十六日、家康は堀越城に押さえの兵を配し、七千の軍勢を六隊に分けて掛川城を包囲した。

六隊の大将は酒井忠次、石川家成、石川数正、鳥居元忠、大久保忠世、松平真乗である。

忠世は三十八歳。三河譜代の大久保家の出身で、後に十六神将に数えられた名将である。

真乗は二十四歳。家康の又従弟にあたる気鋭の若者だった。

掛川城は今川家の重臣だった朝比奈泰熙が、室町時代の中頃に逆川の北岸に位置する龍頭山にきずいた天然の要害で、東海道を扼する交通、流通の要衝である。

朝比奈家は代々この城を拠点にし、当代泰朝まで東遠江の旗頭として今川家を支えてきた。

今川氏真が駿府城を捨てて掛川城に逃げ込んだのも、泰朝の金石のごとき忠誠心を頼んでのことである。

城には三千余の兵が立てこもり、泰朝の下知に従って主君氏真を守り抜く構えを取っていた。

一月十七日、家康は旗本衆や酒井忠次の手勢とともに、掛川城の北に位置する天王山に布陣した。

掛川城を眼下に見下ろす位置に陣城をきずき、東の笠町砦、西の金丸山砦、南の青田山(あおたやま)砦に諸隊を入れ、水ももらさぬ包囲網をきずいた。

「皆に申し渡しておく」

家康は本陣に諸将を集めて軍議を開いた。

「わしの本意は今川家を亡ぼすことではない。降伏させて掛川城から退去させることだ。やむを得ざる事情によって敵対することになったが、わしは今川家から受けた恩を忘れてはおらぬ。氏真どののお命を助け、名門今川家の血筋を残すことで、その恩に報いたいと願っておる」

「そこで方々(かたがた)に心得ていただきたい」

忠次が話を引き取って諸将への指示を伝えた。

「ご覧の通り、この戦は四つの陣城をきずいての長期戦となり申す。敵と小競り合いをつづけながら兵糧(ひょうろう)、弾薬が尽きるのを待ち、今川方を降伏、開城に追い込まなければなりませぬ」

そのためには以下の陣中法度(じんちゅうはっと)に従っていただくと、忠次は用意していた立て札を示した。

一、軍勢の進退は本陣からの下知に従うべし。

一、敵から攻められても、合図がなければ砦から討って出てはならない。
一、抜け駆け、勝手は厳罰に処す。
長い攻城戦を戦い抜くためには、軍勢の統制を保たなければならない。陣中法度はそのためのものだが、家康の本当の狙いは別にあった。

これから掛川城を攻めながら、武田信玄の両川自滅の策とも戦わなければならない。形勢によっては、北条、今川と手を結んで駿府の信玄を攻めることになるかもしれない。

だがそれを配下の将兵に明かすことはできないので、今川家への旧恩を理由に兵力の消耗をさける策に出たのだった。

軍議の後、家康は忠次、家成、数正を陣小屋に呼んだ。

この三人だけには、出陣前から本心を伝えていた。

「相手は天下一の名将じゃ。わし一人ではとても太刀打ち(たちう)できぬ。その方たちの知恵を貸してもらいたい」

作戦の目標は二つ。

第一は遠江一国を徳川領とすること。

第二は駿河から武田を追い払い、あわよくば信玄の首を取ること。

「そこまで深追いしては、織田どのとの盟約にひびが入ることになりましょう」

忠次が案じ顔でたしなめた。

信玄と信長は同盟を結んでいるのだから、あからさまに敵対行動を取るわけにはいかなかった。

「信玄どのは信長どのに、両川自滅の策を持ちかけておられる。わしが少々暴れても、そのことを楯に取れば言い訳は立つ」

だが事がうまく運ばない場合には、武田家の駿河領有を認める。ただし今川氏真の助命だけは実現して、北条家との友好関係を保つようにしたい。

家康は二段構えの方針でのぞむことにした。

「ついては忠次」

「ははっ」

「わしの名代として、北条家との交渉にあたってくれ。家成は越後の上杉と連絡を取ってもらいたい」

「承知いたしました」

忠次と家成がそろって頭を下げた。

「数正は駿府じゃ。きわどい交渉になるゆえ、また刃の上に座ってもらう」

「お任せ下され。面白い碁になりそうでございまするな」

信玄の肝はつかんでいると、数正は自信満々だった。

一月二十七日、北条氏康の子氏政が使者をつかわした。

二十六日に一万の軍勢をひきいて薩埵山に布陣したので、ご承知いただきたいというのである。

薩埵山は東海道の由比と興津の間にある険所で、薩埵峠の名で知られている。

氏政は興津川東岸の支配を強化し、駿府の信玄を牽制する策に出たのだった。

「先に殿が送られた書状を、北条どのは重く見ておられるようでございます。この後、協力できることは協力したいとのご意向でござる」

忠次が使者の意を取り次いだ。

家康が苦しまぎれに書いた書状が、案外効果を発揮したのだった。

二月十日、思いがけない来客があった。

佐久間信盛が信長の使者としてやって来たのである。

「ご出陣、大儀にござる。上様は貴公からの書状を披見なされ、それがしに参陣するようにお申し付けになり申した」

信盛は堂々と口上をのべたが、ひきいてきた兵はわずか五百だった。

「遠路かたじけない。百万の身方を得た心地でござる」

内心困ったことになったと思いながら、家康は満面の笑みで迎えた。

信長は昨年九月に足利義昭を奉じて上洛し、第十五代将軍として擁立した。その後一月ほど都に滞在したものの、十月末には岐阜城にもどっていた。

ところが正月五日に、三好三人衆が信長の留守をついて義昭の仮御所である本圀寺を襲撃したために、急きょ上洛して三好勢の掃討にあたっていた。

家康は信長が多忙をきわめていることを知りながらも、新年の祝儀に鯉を送り、遠江に援軍と船を送ってほしいと依頼していた。

信長に助力を乞うことで、両者の同盟関係を頼りにしていると示したのである。

ところが信長は船十艘を送って寄越したものの、援軍を送ることはできなかった。

そのかわり佐久間信盛に、手勢をひきいて向かうように命じたのだった。

困ったというのは、そこである。

信盛は使者の役目だけでなく、戦の様子を監視する軍監も兼ねている。

このまま本陣に居座られては、武田を計略に陥れようとしていることを見抜かれるおそれがあった。

「佐久間どの、かようなことを申し上げるのは心苦しゅうござるが、掛川城はご覧の通りの堅城でござる。城内には猛将朝比奈泰朝どのにひきいられた三千の兵が、今川氏真公を死守する覚悟で立てこもっておりまする」

これを攻め落とすのに七千の軍勢ではいかにも苦しい。敵の四倍の人数がなければ攻め落とすことは難しいだろう。

家康はにわかに厳しい表情をしてそう言った。

「それゆえ信長どのの元にもどり、今一度援軍の要請をしていただきたい。ご足労とは存ずるが、五百ばかりの兵では何ともならぬのでござる」

「この地にとどまり戦の様子を見届けよと、上様がお命じでござる。それがしの一存で決めることはでき申さぬ」

信盛はあからさまに不快な顔をした。

「それは承知しておりますが、昨年末には秋山勢三千が不意に天竜川ぞいに攻め込んで参りました。信玄どのは隙あらば遠江を手に入れようとしておられるゆえ、性急に掛川城に攻めかかるわけには参りません。佐久間どのがここにおられても、益なきことと存じます」

「わしでは役に立たぬと申すか」

「滅相もない。我らが今必要なのは、掛川城を落とせるだけの援軍なのでござる」

「さようか。その言葉、上様にそのまま伝えていいのだな」

信盛が腹立ちまぎれに脅しにかかった。

「間違いなきよう、しかとお伝え下され。援軍を送っていただけぬなら、この家康、一身の才覚をもってこの場を切り抜けるしかございませぬ」

「貴殿の存念はよう分かった。ならばその才覚とやらを、じっくりと見せていただこう」

家康の思惑通り信盛は腹を立てて帰っていったが、この争いが元となって両者の間に大きな溝ができたのだった。

その七日後、石川数正にともなわれて穴山梅雪がやってきた。

「本日は殿の起請文を持参いたしました。ご受納いただきたい」

梅雪は深々と頭を下げて、信玄の書状をさし出した。

二月十六日付の信玄の起請文には、今川家を攻める同盟を遵守し、駿河は武田、遠江は徳川が領有することを約束する旨が記され、花押と血判がしてあった。

「先に徳川どのから起請文をいただいておりました。これはそれに応えるものでございます」

「ありがたい。信玄どののご配慮に深く感謝申し上げる」

「ならば盟約通り、掛川城攻めを急いでいただきたい」

「むろん我らも全力をつくしており申す。しかしご覧の通りの要害ゆえ、心ならずも手間取っているのでござる」

先日、佐久間信盛が信長の使いとして来たので、援軍を送るように要請したところだと、家康は手の内を明かしてみせた。

「もし駿府に余力があるのなら、援軍を送っていただければ有り難い」

「その旨、殿にお伝え申しましょう」

梅雪は家康の返書を受け取り、憮然(ぶぜん)として帰っていった。

「さすがの信玄どのも、今度ばかりは焦っておられるようだな」

そうでなければ、こんな起請文を書くはずがなかった。

「北条どのが薩埵山に布陣なされたゆえ、甲府への退路を断たれると案じておられるのでございましょう」

「あわよくば大猪を仕留められるかもしれぬ」

「相手にとって不足はござらぬが……」

それでは信長の怒りを買うのではないかと、数正が危ぶんだ。

「信長どのも本心では武田をうとんじておられる。ただ信玄どのの力があなどれぬゆえ、畿内の始末がつくまで和を結んで手なずけておこうとしておられるだけだ」

家康は石川家成を呼び、上杉輝虎との交渉の状況をたずねた。

「上杉家中の河田長親どのに挨拶状を送りましたところ、返書が参りました。輝虎公が詳しく話を聞きたいとおおせだそうでございます」

「信濃に兵を出す用意があるということだな」

「信玄どのが駿府で身動きがとれぬのであれば、これ以上の好機はございますまい」

「越後の雪が解けるまで、あと二ヶ月か」

それまで信玄は駿府から動けまいと上杉に伝えよ。家康は大きな手応えを感じながらそう命じた。

二月末になって、尾張、美濃につかわしていた伴与七郎が、都の状況を伝えに早馬を飛ばしてやってきた。

「信長公は三好三人衆を追い散らし、泉州堺の納屋衆に矢銭二万貫（約十六億円）を納めるようにお命じになりました」

「応じたか。納屋衆は」

「初めは逆らっておりましたが、三好三人衆に通じていたことを理由に武力をもって強要され、やむなく応じたとのことでございます」

「これで信長どのは、堺を支配下におさめられたわけだな」

堺を支配すれば南蛮貿易を掌握し、火薬や鉛などの軍需物資を独占的に入手することができる。

信長は上洛後わずか半年足らずで、狙い通りの成果をおさめたのである。

その貿易から上がる利益がどれほど巨大なものか、納屋衆が二万貫もの矢銭を支払ったことからも明らかだった。

「信長公は将軍の御所とするために二条城の造営にかかっておられますが、その普請場に武田の使者が来ておりました。将軍義昭公に上杉との和を計っていただくよう、信長公に要請しているようでございます」

与七郎は甲賀忍者を洛中の要所に配し、各方面の情報を集めている。

それを分析し、信玄が上杉との和睦をはかるために信長に泣きついたことを突き止めたのだった。

「応じられるのか。信長どのは」

「将軍の御内書が、近々上杉に下されるようでございます。それゆえご報告に参上いたしました」

もし上杉と武田の和睦が成ったなら、家康の計略は頓挫する。与七郎はそれをよく知っていた。

家康はすぐにこのことを酒井忠次に伝え、北条と上杉の和談がどこまで進んでいるか確かめるように命じた。

「北条との和談がまとまるなら、上杉が武田との和議に応じることはあるまい。このたびはそちが薩埵山をたずね、氏政どのと直に話をしてきてくれ」

戦局は織田、武田、北条、上杉の水面下の外交戦によって大きく動こうとしている。それを読みちがえたなら、徳川家など数日のうちに滅亡するにちがいなかった。

忠次はただちに興津に向かい、翌日の夜には氏政の書状を持ってもどってきた。

「案ずるには及ばぬと、氏政どのはおおせでございます」

北条家と上杉家は、すでに「相越和与（そうえつわよ）」で合意している。

今は細かい条件を詰めている段階なので、三月（みつき）もしないうちに同盟を結ぶだろうという。

「また、当家と今川どのの和睦が成るように願っている、ともおおせでございました」

翌日、家康は重臣たちを集めて軍議を開いた。

まず諸国の勢力図を広げ、忠次に目下の状況を説明させた。

「信玄公は殿とはかり、今川家を討って駿河を手に入れようとなされた。ところが氏真どのが掛川城に逃れ、北条と力を合わせて東西から武田を挟み撃ちにする策に出られた。しかも北条氏政どのはこの機をとらえて上杉と同盟を結び、武田を南北から攻めようとしておられる」

窮地におちいった信玄は信長を頼り、将軍義昭に武田と上杉の和を命じてもらおうとしている。

ところが上杉はすでに北条と和を結ぶことにし、春の雪解けを待って信濃に侵攻する構えを取っているのだった。

「その交渉については、一昨日それがしが薩埵山まで出向いて確かめて参り申した」

だから間違いはないと、忠次が言い切った。

「ひとつうかがいたい」

大久保忠世が声を上げた。

「殿が掛川城攻めを急がれなかったのは、こうした成り行きを読んでおられたからでござろうか」

「それだけではない。信玄どのは徳川と今川を戦わせて自滅させ、駿河ばかりか遠江まで手に入れる策をめぐらしておられた。それゆえ兵力の消耗をさける必要があったのだ」

だがそれを皆に伝えれば、武田の間者(かんじゃ)に察知されるおそれがある。

それゆえ一部の者にしか真意を伝えなかったと、家康は率直に打ち明けて不実を詫びた。

「それを明かされるのは、武田をはばかる必要がなくなったということでござるな」

「そうじゃ。これから氏真どのと和を結び、城を明け渡していただくように申し入れる。信玄どのが、それを裏切りと思われたとしてもやむを得ぬ」

「方々、それでよろしゅうございましょうか」

忠次が意見を問うたが、反対する者はいなかった。

「殿も大きくなられた。天下の信玄公を相手に大博打とは、たいしたものじゃ」

鳥居元忠が景気づけの声を上げ、ぶるりとひとつ胴震いした。

三月五日の巳の刻(午前十時)を期して、家康は掛川城の総攻撃にかかった。

四つの陣城から七千の兵が打って出て、今川勢が出撃用に城外にきずいた三つの砦をいっせいに攻め落とした。

五百余の鉄砲隊はそのまま大手、搦手の城門に迫り、筒先をならべて猛烈な射撃を加えた。

これは城を攻め落とすためではない。圧倒的な戦力差を見せつけて今川勢の戦意を削ぎ、和議に応じるようにするための心理戦だった。

三日後、家康は朝比奈泰朝に使者を送って和議を申し入れた。

その口上は以下の通りである。

「遠江一国を下されたなら、誓紙をもって永代無沙汰いたさぬことをお誓い申し上げます。この遠州を家康が取らなければ、必ず信玄に取られることになりましょう。そのようなことになったなら、今川家は滅亡するしかありません。家康に遠江を与えて和議を結んでいただいたなら、小田原の北条どのと力を合わせて信玄を追い払い、氏真公を駿府にお返し申し上げます」

これに対して氏真は即答をさけた。

信玄と同盟して遠江に侵攻しておきながら、土壇場で信玄を追い払うと言われても、信用できないのは無理もない。

だが家康は何度も使者をつかわし、誓紙を何通も書いた。

そしてついに氏真から、

「北条どのと連絡をとり、共同して武田を攻める話が本当かどうか確かめる」

という返答を得た。

交渉は極秘のうちにおこなったが、武田方の忍びが掛川城内にいたのだろう。交渉開始から一ヶ月後の四月八日、穴山梅雪が家康の本陣に乗り込んできた。

「徳川どの、それがしを助けていただきたい」

梅雪はだし抜けに土下座をした。

もし家康が氏真と和議を結んだなら、貴殿を信じて交渉にあたってきた自分は、責任を取って腹を切るしかないというのである。

「ご安心なされよ。梅雪どの」

家康も土下座をし返し、そのようなことは断じてないと言った。

「まことでございましょうな」

「この家康も武士でござる。二言はござらぬ」

「これは殿からの書状でござる」

信玄の書状には、将軍義昭の仲介で上杉家との和議が成立するだろうと記されていた。

「甲越和与の儀、公方御下知をもって、織田信長媒介候の条、定めて落着たるべき将軍の下知で信長が仲介に動いたと信玄は記しているが、これは必ずしも正しくない。

　本当は信長の進言に従って義昭が仲介に動いていたからである。

　だが信玄は、信長が仲介に動いているので武田と上杉の和議が早期に締結されると書くことで、家康に圧力をかけようとしているのだった。

（信玄どのは、焼け石の上に立っている心地のようだ）

　家康は梅雪を丁重に見送ってから、服部半蔵を呼んだ。

「腕利きの忍びを集めてもらいたい」

「二十人ばかりは、二、三日で集められます」

「十日か半月のうちには、信玄どのが甲府へ引き上げられる。道中隙あらば、お命を頂戴せよ」

　推察通り、信玄は四月二十四日に一万余の軍勢をひきいて駿府を発った。

　そして半蔵らに付け入る隙を与えることなく、二十八日には甲府に帰りついたのだった。

これを見て北条家が動いた。

「殿、北条氏康どのから使者が参りました」

酒井忠次が取り次いだ書状には、家康が望んでいる条件で今川家と和議を結ぶことを了解すると明記されていた。

信玄が引き上げたために、駿府の武田勢は手薄になっている。家康と呼応して駿河に攻め込んだなら、攻め落とすのは容易だと判断したらしい。

「氏康どのは掛川城にも使者を送り、氏真どのにこの旨を伝えられた由にございます」

行動を起こすなら早いほうがいいと、氏康は氏真に降伏するよう催促したのである。

家康はすぐに氏真に使者を送り、籠城の将兵をすべて助け、身の処し方はそれぞれの考えに任せるという条件で開城に合意させた。

城の明け渡しが行われたのは、それから九日後の五月十五日だった。

家康は馬廻(うままわ)り衆五百騎とともに大手門の前に整列し、氏真の一行を待ち受けた。

駿府で人質として暮らしていた十二年間、あおぎ見ていたお方である。こうした形で再会することに万感の思いがあった。

氏真と正室の早川殿（北条氏康の娘）は輿に乗り、前後を朝比奈泰朝と北条家の軍勢に守られて城門から出てきた。

家康はお礼の挨拶をしようとしたが、氏真は輿の簾を上げようともしなかった。烏帽子をかぶり水干をまとった姿が、影のように見えたばかりだった。

「このたびは和談に応じていただき、かたじけのうございます」

家康は万感の思いを込めて声をかけたが、氏真は無言のまま通りすぎた。

零落の主君に寄り添うように、泰朝が馬を進めている。今川家の全盛時代を支えた、文武両道にひいでた名将だった。

「徳川どの、桶狭間以来でござるな」

泰朝が身軽に馬を下りて見送りの礼をのべた。

「あの時、朝比奈どのは鷲津砦を攻め落として大高城への道を開いて下された。見事なお働きでございました」

四つ年上の泰朝を、家康は駿府にいる頃から目標にしていた。公家文化にも通じている泰朝に、和歌の手ほどきを受けたこともあったのだった。

「あれからわずか九年。それを思えば、世の転変のはかなさが身にしみまする」

「この地にお残りになりませぬか。城も所領も今のままで、遠江のために働いていただきたい」

「お心遣いかたじけない。されどこの命が果つるまで、主家のために力を尽くそうと思い定めておりまする」

今生の思い出にと、泰朝が腰にさした扇を手渡した。

流麗(りゅうれい)な筆(て)で『古今集』の歌を記したものだった。

一行は天竜川の河口に近い掛塚の港まで行き、北条氏康がさし向けた船に乗って東へ向かった。

足利一族の名家で、天下の副将軍と称されたこともある今川家の歴史は、この日をもって幕を閉じたのである。

家康は思惑通り遠江を併合したが、武田信玄との険しい対立を抱え込むことになった。

掛川開城の報を聞いた信玄は、五月二十三日付の信長あて書状で、家康が誓約にそむいて今川、北条と通じていたことを厳しく批判している。

その怒りや恨みがどれほど激しいものだったかを、家康は三年後の三方ヶ原の戦いで思い知らされることになるのだった。

第三章
上洛

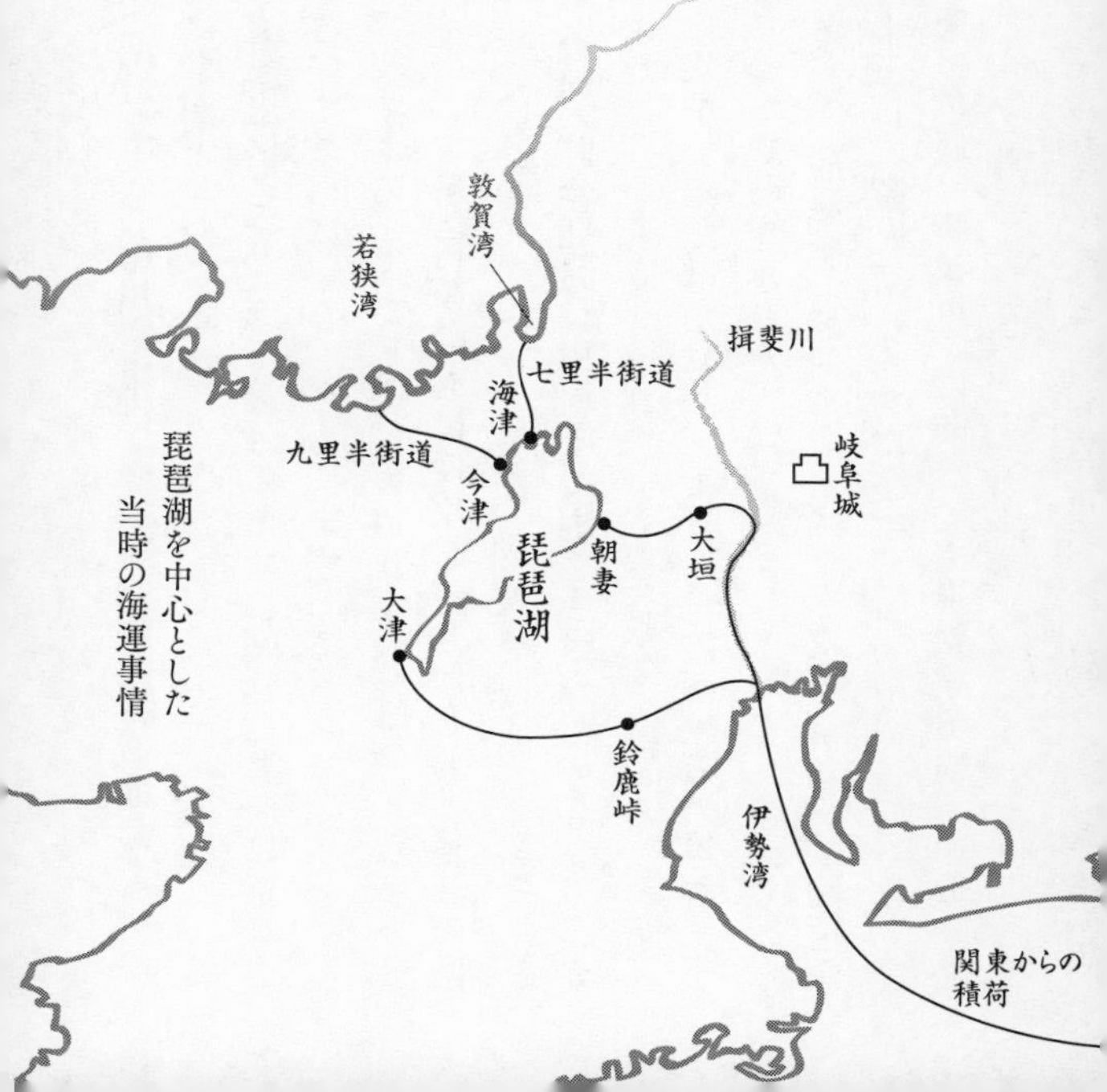

琵琶湖を中心とした当時の海運事情

永禄十三年（一五七〇）の年明け早々、徳川家康はふたつの難題に直面した。

ひとつは織田信長から上洛命令が下ったことだ。

この春、畿内近国の大名どもを上洛させ、天下静謐のために朝廷と幕府に参礼させる。ついては応分の兵をひきいて岐阜に参り、ともに上洛してもらう。

その用意あるようにという達しである。

もうひとつは武田信玄が昨年十二月に再び駿府に侵攻し、じわじわと遠江の国境まで迫っていることだった。

家康との外交戦に敗れた信玄は、昨年四月に甲府まで引き上げたものの、八月から猛然と巻き返しをはかり始めた。

上野や武蔵の北条方の城に攻撃を加えたばかりか、十月一日には三万の軍勢で小田原城を包囲し、城下を焼き払って威勢を示した。

その勢いのままに駿河に侵攻し、蒲原城（静岡市清水区）を攻め落とし、薩埵山の北条勢を追い払い、十二月十三日に駿府城に入った。

そして花沢城（焼津市）や徳一色城（藤枝市）に向かって進撃する構えを取ったのである。

家康はこれに備え、掛川城を預けた石川家成に三千の兵を送るのが精一杯だった。信玄の脅威が去らないうちは、上洛のために兵を割くことなどできなかった。

（何とか春まで、上洛が延びてくれれば）

信玄も越後の上杉輝虎の侵攻に備える必要に迫られるので、駿府にとどまっていられなくなる。

家康は祈る思いで情勢の推移を見守っていたが、一月末になって佐久間信盛からの使者が来た。

「先にお知らせした通り、上様は天下静謐のために上洛なされる。ついては二月二十五日の正午までに、兵をひきいて岐阜城下に参じていただきたい」

信盛は書状にそう記していた。

掛川城攻めの時に追い返されたことを根にもっているらしく、必要なこと以外は何も伝えない素っ気なさだった。

これは困ったと頭を抱えていると、追い打ちをかけるように悪い知らせが飛び込んできた。

「申し上げます。さる一月二十七日に花沢城が攻め落とされました」

信玄が自ら出馬し、陣頭指揮をとって花沢城を攻め落としたという。

「して、大原資良どのは」

家康は今川方から身方に参じたばかりの城主の身を案じた。

「高天神城に逃れられた由にございます」

「急ぎ忠次を呼べ」

吉田城（豊橋市）主の酒井忠次が早馬を飛ばしてやってきた。

知らせは忠次のもとにもとどいていて、石川家成と連絡をとって対応を協議していたところだという。

「信玄め、去年の負けがよほど腹にすえかねているようだな」

「それだけの仕打ちをなされたのですから、やむを得ますまい」

「このまま遠江まで攻め込んでくるつもりか」

「徳一色城は長谷川正長どのが守っておられますが、信玄公がご出馬とあれば持ちこたえることはできますまい」

今は大井川の守りを固めて様子を見るほかはないと、忠次が表情をくもらせた。

「信長どのから上洛命令が来た。来月二十五日までに岐阜に参集せよとのおおせだ」

「それは……、困りましたな」

「しかし、拒むことはできぬ」

「承知しました。留守はそれがしと家成どので預かります。心置きなくお出かけ下され」

「供揃(ともぞろ)えはどうする」

三千でどうかと、家康は考えていた。

三河(みかわ)、遠江の石高はおよそ五十万石。動員兵力は一万五千にのぼる。だがこのような状況では、領国を手薄にするわけにはいかなかった。

「そのような肝細(きもごま)いことをおおせられますな。殿は三遠二ヶ国の大守でござるぞ。五千ばかりの兵をきらびやかに仕立てて、徳川三河守(みかわのかみ)の名を天下にとどろかせて下され」

「留守は、大丈夫か」

「織田と武田は同盟を結んでおります。信長公のご命令に従って上洛なされるのであれば、信玄公とて遠江を攻めるわけには参りますまい」

信長もすでに、信玄を牽制する手を打っているはずだ。

それを信用して大軍をひきいていく度胸を見せてやれと、忠次は家康より一段広い視野をもっていた。

家康はただちに五千の軍勢に陣立てを命じたが、ぎりぎりまで出発を延ばして様子をうかがった。

すると忠次が言った通り、信玄は二月十八日に駿府を発って甲府に引き上げたのだった。

家康はそれを見届け、二月二十二日に岡崎城を発った。

主力は鳥居元忠、大久保忠世らを中心とする旗本衆と、石川数正を旗頭とする西三河の衆だった。

一行はこの日寺部城（豊田市）、二十三日に品野城（瀬戸市）の城下を宿所とした。

翌二十四日に木曽川の浅瀬をわたり、加賀見野（各務原市）の陣屋に泊まった。

そして翌日の朝、全軍装束を美しく改めて岐阜城下に入ったのである。

およそ二十五里（約百キロ）。

五千もの軍勢をひきいてこれだけの距離を行軍するのは初めてだが、軍令は隅々まで行き渡り、一糸乱れぬ見事なものだった。

(信長どのに、この軍勢を見ていただきたい)

家康は自信を深めて内心にんまりしていたが、岐阜城を見たとたんに自尊心の鼻をへし折られた。

濃尾平野を見下ろすように金華山がそびえ立ち、山頂には三層の白壁の天守閣をもうけている。

ふもとには信長が常の住居としている御殿があり、城と寝殿を融合したような優美な姿を見せていた。

しかも大手門までつづく道は真っ直ぐで、馬四頭が並んで走れるほどの幅がある。ここから敵に攻め込まれたならと危ぶまれるが、信長はそんなことは気にもしていないようだった。

着到を告げると、すぐに御殿に通された。

対面所でしばらく待っていると、信長が大紋に烏帽子という姿で現れた。

「徳川三河守、よう来た」

信長は覇気に満ちていた。

天下布武への自信を深め、全身から精気を発していた。

「上様が信玄どのをなだめて下されたお陰で、後顧のうれいなく三河を離れることができました」

家康は佐久間信盛に教えられた通り、信長を上様と呼んだ。

「今川のことでは、まんまとだし抜いたな。盟約違反をとがめよと、信玄坊主は烈火のごとく怒って書状をよこしおったわ」

「申し訳ございませぬ。今川どのとは浅からぬ縁がありますゆえ」

「構わぬ。先に仕掛けたのは信玄じゃ。それを見事に切り返されたゆえ、よけいに腹の虫がおさまらぬらしい」

信長は愉快そうに膝を打ち、この城はどうだとたずねた。

「まるで天空にそびえているようで、見上げたとたんに度肝を抜かれました」

「さようか。ならば案内してやろう」

信長は先に立って表に出た。

鞍つきの馬が二頭用意してあり、口取りも控えていた。

ふもとから山頂までつづく急な道を、二人は馬の背にゆられて登っていった。

警固の者もつけない身軽さで、刺客でもひそんでいたらと案じられるが、これも信長は気にしていない。

気持ち良さそうに前だけを見つめ、時々頭上をおおう木々を物問いたげに見上げている。

鳥のさえずりが聞こえるものの、姿がいっこうに見えないからだった。

やがて山上の門があり、鎧姿の足軽たちが警固にあたっていた。そこを抜けてしばらく進むと、突然目の前に三層の天守閣がそびえていた。

防御のためばかりではなく、訪ねた者の目にどう見えるかを計算した鮮やかな配置だった。

（やはり、このお方には敵わぬ）

家康はさばさばと兜をぬいで、信長の後からついていった。

天守閣の一階は武具の間で、壁には二千本ちかい矢がびっしりと並べてあった。まるで矢羽根で装飾したような美しさである。

弓も百張ほど用意してあった。

「煙硝蔵は別にある。管理が難しいのでな」

信長は素っ気なく言って二階に上がった。

ここには城主の間と、いくつかの部屋がある。信長の家族や近習、小姓たちが寝泊まりするためのものだった。

三階は信長専用の空間で、ここで客と対面したり公の仕事をする。

その上の四階が望楼の間だった。

「見よ。これが天下だ」

信長の指示で小姓が戸を引き開けた。

眼下に濃尾平野の雄大な景色が広がっていた。木曽川と長良川が墨俣の南で合流し、揖斐川と並行して伊勢湾にそそいでいく。

はるか先に島のように小さく見えるのは、伊勢神宮の近くの朝熊山のようだった。

「どうじゃ。竹千代」

信長が幼名で呼びかけた。

「上様がおおせられた通りでございます。この岐阜こそ、海路、水路、陸路がまじわる交通の要地でございます」

それは商業、流通の要地という意味でもある。

信長はこの地を押さえ、積極的な商業振興策を取ることで、濃尾二ヶ国を日本でも有数の豊かな地帯に育て上げたのだった。

「余が成しとげたいのは、この程度のことではない」

信長が西の彼方を指した。

中山道をたどった先に、伊吹山が秀麗な姿を見せていた。

「あの山の向こうに琵琶湖がある。そこをくまなく支配し、畿内に流れ込むすべての商い物を統制下におかねばならぬ」

「鳰の海でございますか」

「そうじゃ。さすれば伊勢湾ばかりでなく、敦賀湾や大坂湾の交易も支配できるようになる」

信長の狙いはあくまで流通をおさえることにあった。

この当時、関東地方から太平洋の海運によって畿内に運ばれる荷物は、いったん伊勢湾岸で荷揚げされた。

できれば大坂湾まで直行したいところだが、紀伊半島沖を黒潮が西から東に向かって流れているので、和船の操船技術ではこえることが難しかったのである。

荷揚げされた商品は、伊勢や近江の商人によって、鈴鹿峠をこえて大津に運ばれ、京都や大坂に持ち込まれた。

人や馬の力で運べない大きな荷物は、川船に積みかえて揖斐川をさかのぼり、大垣で中山道の流通路に乗せて琵琶湖の朝妻の港まで運んだ。

また、日本海の海運によって敦賀湾や若狭湾に集められた商品は、七里半街道や九里半街道を通って琵琶湖畔の海津や今津に運ばれた。

つまり琵琶湖は太平洋、日本海、瀬戸内海を結ぶ、流通の大動脈なのである。

ここを支配して津料（港湾利用税）や関銭（関税）を徴収したなら、その利益は莫大なものになるばかりか、全国の流通を支配できるようになる。

信長はそれを承知の上で、琵琶湖制圧に乗り出したのだった。

「しかし、鳰の海の水運の利権は、古くから比叡山延暦寺が握っていると聞きましたが」

「そうじゃ。朝廷からその権利を与えられておる」

「それを変えることが、できるのでしょうか」

「簡単なことじゃ。朝廷が与えたものなら、朝廷に取り上げてもらえば良い。こたびの上洛は、それを成しとげるためのものよ」

信長はすでに手筈をととのえているようだが、中央の政治にうとい家康には、何をどうするのか見当もつかなかった。

ふもとの御殿にもどった時には、日が暮れかかっていた。

家康は宿所としている寺にさがろうとしたが、

「引き合わせたい者がいる。ゆっくり酒でも飲んでいけ」

信長が黒書院に案内した。

違い棚には地球儀がおいてあった。南蛮人は天地が丸いことを突き止め、その姿をこうした形で表している。

家康もそのことは聞いていたが、実物を見るのは初めてだった。

「それは堺の南蛮人から買った物じゃ。欲しければ持ってゆけ」

「結構です。これを見ても何のことやら分かりませぬゆえ」

「都に行けば南蛮人たちと会うことができる。その時に教えてもらえ」

会話の間が少しあいた。

家康は沈黙の気詰まりに耐えながら、引き合わせたい者とは誰だろうと思った。

信長も遅いと感じているのか、廊下の気配をうかがう目をした。

「お出でになられました」

外で小姓の声がして、幼児を抱いた女が入ってきた。

華やかな打掛けをまとったお市である。抱いているのは昨年生まれた長女の茶々（後の淀殿）だった。

「兄上、遅くなって申し訳ありません。部屋を出ようとしたら、お茶々がおもらしをしたものですから」

お市は悪びれた様子もない。堂々として、かえって気持ちがいいほどだった。

「長政はどうした」

「大事なご対面ゆえ、お声をかけていただいてから参上すると申しております」

「相変わらず格式張った婿どのだな。構わぬからすぐに来いと伝えよ」

信長が小姓に命じた。引き合わせたい相手とは、浅井長政とお市夫婦だったのである。

さて、どう対応したらいいものかと、家康は少しばかり落ち着きを失った。

「徳川三河守さま、お久しゅうございます」

お市がていねいな挨拶をして、目の底にからかうような色を浮かべた。

「ご無沙汰しております。信康の婚礼の折には、岡崎までご足労いただき、かたじけのうございました」

「どうです。お二人ともつつがなく過ごしておられますか」

「徳姫さまにお心配りいただき、お陰さまで仲むつまじくしております」

家康は型通りに応じながらも、この女は俺の腕の中で歓びの声を上げたのだと考えていた。

二人だけの秘密の思い出が、体がなじみ合うような親しみを覚えさせる。

それはお市も感じているようだが、今は立場がありますからと、外見上はすましているのだった。

信長もそんな二人の様子を、ほくそ笑みながら見守っている。

まったく性質の悪い兄妹だった。

「可愛らしい娘さんですね。お名前は」

「茶々と名付けました。身籠っていた時、無性にお茶が飲みたくなったものですから」

「そうですか。梅干しを食べたくなるとは、聞いたことがありますが」

「あら、そうだわ。梅干しを食べたから、お茶を飲みたくなったのかしら」

お市はくったくなく笑い、今年の秋には二人目が生まれると、自慢げに茶々の頭をなでた。

子宝をさずけられなかった家康を内心見下し、当てこすっているらしい。

「ご無礼、いたしまする」

緊張した声がして、浅井長政が入ってきた。

二十六歳になる若武者だが、下ぶくれのやさしげな顔立ちをしていた。

「長政、家康じゃ。顔見知りになっておけ」

信長が乱暴に引き合わせた。

「浅井備前守（びぜんのかみ）長政でございます。よろしくお願い申し上げます」

「徳川三河守家康でござる。お目にかかれて恐悦に存じまする」

家康はこみ上げる優越感をおし隠しながら、そつなく応じた。

こちらは武田信玄と対等に渡り合い、今や五十万石を領する身である。片や長政は近江の六角（ろっかく）氏とせり合い、北近江十数万石を確保しているにすぎない。

だが、それより何より、お市とひと足先に交わった間柄であることが、家康に奇妙な自信を持たせていた。

二月二十八日の早朝、信長勢一万五千、家康勢五千は隊列をととのえて岐阜を発ち、中山道を西に向かった。

この日は琵琶湖畔の佐和山城下で宿営した。城主は浅井長政に属する磯野員昌で、万全の仕度をととのえて一行を迎えた。

翌日は信長の直轄領となった草津に泊まり、翌三十日の申の刻（午後四時）に粟田口から都に入った。

鴨川ぞいを北に向かい吉田まで行くと、沿道に数千の群衆が出て、口々に信長を賞賛しながら手を振っていた。

（何と。信長どのは都人にもこれほど好かれておられるか）

家康は驚きに目をみはり、さすがに信長だと感服したが、これは人気をあおるために信長が仕掛けたことだった。

京都所司代に任じた村井貞勝に命じ、洛中の町ごとに五人を迎えに出すように強制していたのである。

この日、一条京橋まで迎えに出た権大納言山科言継は、日記(『言継卿記』)に〈上下京地下人一町に五人宛、吉田迄迎に罷向〉と記している。

一行はそのまま一条通りを西に進み、足利義昭の御所である二条城に向かった。去年義昭が御所としていた本圀寺が三好三人衆に襲われたために、信長が義昭の御所として整備した城である。

城の側には明智光秀が屋敷を構え、義昭の警固や幕府との連絡にあたっている。信長はこの屋敷を宿所と定めていた。

「これが明智十兵衛光秀じゃ。なかなかの切れ者ゆえ、都の仕来りなど指南してもらうがよい」

信長が家康を呼び、迎えに出た光秀と引き合わせた。

すでに四十歳をこえているが、面長であごがふっくらとした京人形のような顔をしている。

足利義輝の頃には幕府の奉公衆として重用されていたので、政権運営に詳しく洛中の人脈にも通じていた。

「明智光秀でございます。何とぞお見知りおきいただきたい」

「徳川三河守家康と申します。お名前はかねがねうけたまわっております」

「ご上洛なされるのは、初めてでしょうか」

「初めてでござる。ご覧の通りの田舎者ゆえ、右も左も分かりませぬ」

「ならば何なりとおたずね下され。どこか見物したいところがあれば、ご案内申し上げまする」

「当家は賀茂（かも）家と縁がござるゆえ、賀茂神社に参拝したいと思っております」

「それなら葵祭（あおいまつり）の時がいいでしょう。下鴨神社で競馬（くらべうま）の神事が行われますので」

光秀に案内されて主殿に向かっていると、小具足（こぐそく）姿の小柄な男が走り寄っていきなり土下座した。

「上様、ご上洛おめでとう存じます」

「猿か。もろもろ大儀であった」

信長が懐の巾着（きんちゃく）を投げると、男は犬が餌（えさ）に飛びつくように両手で器用に受け止めた。

織田家中にあってめきめき頭角を現している木下藤吉郎（とうきちろう）秀吉である。昨年、山名（やまな）

氏の領国だった但馬国を平定したばかりだった。

「徳川三河守さまとお見受けいたしまする。木下藤吉郎秀吉、以後よろしゅうお願い申し上げます」

「ご丁重なるご挨拶、痛み入ります」

家康は戸惑いながらも受け流した。

秀吉の行動には芝居じみたところがあり、まともに相手をすればこちらの体面に関わる気がするのだった。

翌日、家康は信長に従って二条城の足利義昭をたずねた。

華やかなふすま絵や天井画にいろどられた大広間に、畿内の大名や幕府の重臣、将軍家の御供衆や御部屋衆、上位の公家たちが居並んでいた。

信長はその間を進み、上段の間の間近に席を占めた。

家康は遠慮してかなり後ろに控えていた。

「そこでは引き合わすことができぬ。ここに来よ」

信長は腹立たしげに呼び寄せた。

やがて足利義昭が衣冠束帯姿で上段の間についた。

歳は家康より五つ上の三十四。丸くふっくらとした顔に、口ひげとあごひげをたくわえている。

二年前に信長の支援を得て上洛し、第十五代将軍になったが、政治の実権はほとんど信長に握られていた。

「公方さま、弾正忠信長、昨日上洛いたしました」

信長は簡単な報告をして、家康の紹介に移った。

「こちらが徳川三河守でございます。三河、遠江を治め、それがしの東の楯となってくれる者ゆえ、よろしくお頼み申し上げます」

「上洛、大儀でございました。徳川家とご縁組みなされたことは聞いております」

義昭は信長に敬語を用いた。書状にも信長のことを御父と記すほどで、将軍といえども頭が上がらないのである。

「こたびの上洛は、畿内近国の大名を集め、朝廷と幕府の御用をつとめさせるためでござる。幕府からも、諸大名に達しをなされておりましょうな」

「むろんでござる。のう、兵部大輔」

義昭が入り口に控えた細川兵部大輔藤孝（後の幽斎）に助けを求めた。

「畿内近国二十一ヶ国に、上洛を命じる御内書を発しております」

藤孝は信長の命令を忠実にはたしていた。

「上洛の期限は」

「三月十日までといたしました」

「それまでに上洛しない者は、将軍の命令にそむく謀叛人とみなす。公方さま、さようでございまするな」

信長が鋭い目をして返答を迫った。

「その通りでございます。これからは朝廷と幕府を中心にして、国の乱れを正さなければなりません」

義昭はあわてて追従したが、心中の不満が強張った顔に表れていた。

同床異夢という言葉があるが、信長と義昭の間柄はまさにそれだった。

二年前に信長が義昭を奉じて上洛したのは、将軍の権威を大義名分にして天下布武への道を突き進むためである。

ところが義昭は信長を幕府の威にひれ伏す他の大名と同じと考え、以後は自分の重臣として幕府の再興に尽力してくれるものと信じていた。

その思惑のちがいは、義昭の将軍就任直後に明確に現れた。

義昭は信長を副将軍か管領に任じようとしたが、信長はこれを拒んで泉州堺と近江の草津に代官をおいて直轄領にすることを求めた。

それから一年半、両者の水面下の対立はきびしさを増したのだった。

信長は上洛しない大名は処罰することを義昭に認めさせると、並みいる重臣たちには目もくれずに内裏に向かった。

参内する前に衣冠束帯に着替え、紫宸殿の建築の様子を見て回った。

後ろからぞろぞろとついて回った公家たちは、山科言継の日記によれば以下の通りである。

〈三条大納言、中山前大納言、四辻大納言、万里小路大納言、予（言継）、勧修寺中納言、新中納言、四辻宰相中将、経元朝臣、晴豊朝臣（以下略）〉（『言継卿記』）

その様子を、家康は信長に従いながらつぶさに見ていた。

大納言、中納言など、物語の中でしか知らない雲の上の方々である。それゆえ月卿雲客というが、信長は古くからの召使いのように意のままに操っていた。

内裏は荒れ果てていた。

築地塀は屋根の瓦がはげ落ちたり、所々崩れて中が丸見えになっている。表門である建礼門はさすがに体裁を保っているが、二の門というべき承明門は、檜皮ぶきの屋根に雑草が生い茂ったまま右に傾きかけていた。

そこをくぐると、建築中の紫宸殿が正面にそびえていた。

すでに棟上げを終え、屋根の板張りにかかっている。数百人の大工の掛け声と釘を打ち込む槌の音が、打ち沈んだ内裏に活気をもたらしていた。

信長は建築現場を注意深く見回った後、公家衆に先導されて清涼殿の東庇に上がって正親町天皇に拝謁した。

本来なら正四位下の者が上がれる場所ではない。だが信長の権勢と朝廷への貢献を考慮して、特例的に昇殿を許されたのである。

家康が任じられている三河守は従五位下なので、昇殿などかなうはずもない。庇から遠く離れた庭に平伏し、許しがあるまで顔を上げることもできなかった。

「右大将に推しております、織田信長公が上洛なされました」

三条大納言が御簾の奥の天皇に取り次いだ。

無位の者を昇殿させる非礼を取りつくろうために、右大将（右近衛大将で従三位(み)）に推薦(すいせん)中だということにしたのである。

天皇はお言葉をかけようとなさらない。

御簾の奥で影のように無言のままだった。

「信長公には御太刀(おんたち)一腰、御馬代千疋(びき)を献上していただきました」

底冷えがしているというのに、三条大納言は額に汗を浮かべている。

こうした計らいをしたことが天皇のご宸襟(しんきん)を悩ませていると、生きた心地もしないのである。

信長は平伏したまま二人のやり取りを聞いていたが、ふいに立ち上がり、御簾の奥をひとにらみして庭に下りた。

「家康、帰るぞ」

「し、しかし……」

こんな場合、無断で席を立っていいものかどうか、家康には判断がつかなかった。

「用はすんだ。作事(さくじ)を急がせねばならぬ」

信長に引きずられるようにして紫宸殿に向かっていると、三条大納言以下が血相を変えて追いかけてきた。

「信長公、長橋局さまがお礼を申し上げたいとおおせでございます。ぜひともお立ち寄りいただきますように」

長橋局とは後宮に仕える女官の長である。古くは勾当内侍と呼ばれ、天皇と宮中内外との取り次ぎ役をつとめていた。

案内された部屋には、四十がらみの女房が酒肴の仕度をして待ち受けていた。

信長は家康を従えて席につき、三条大納言と山科言継が同席した。

「帝は信長公の忠節に感謝しておられます。先代信秀公の頃にも、織田家には多大のご寄進をいただきました」

長橋局が自ら柄杓を取って酒をついだ。

信長の父信秀は、天文十二年（一五四三）に内裏の築地修理料として四千貫文（約三億二千万円）を寄進している。

信長が紫宸殿を寄進することができたのも、そうした前例があるからだった。

「お局さまのおおせの通りでございます。されど朝廷の仕来りがありますので」

三条大納言が事情を説明し、何とぞ右大将就任を承諾してくれと頼み込んだ。

「このような田舎者には、とてもそのような大役はつとまりませぬ」

信長は盃を一杯受けただけで折敷に伏せた。

「とんでもないことでございます。幕府が威勢を取りもどしたのは、信長公のお力あってのこと。それに今後のご参内の都合もありますゆえ」

「ならば朝廷にも、この田舎者の頼みを聞いていただかなければなりません」

「お頼みとは、どのような」

大納言の愛想笑いがにわかに強張った。

「それは改めて申し上げる。それまで参内することはないので、ご安心いただきたい」

相手を容赦なく不安の渦中に突き落とし、信長は悠然と席を立った。

二条城のまわりには、上洛する大名たちの宿所とするために、一町四方ほどの武家屋敷が二十軒ちかく新築されていた。

家康に与えられたのは大手門の近くの屋敷である。

右隣には明智光秀、左隣には木下秀吉が住み、信長の上洛にそなえて万全の仕度をととのえていた。

家康は屋敷に入り、烏帽子、大紋を脱いで手足を伸ばした。

信長と天皇の対面の間、ずっと庭で平伏していたので、首と肩がこちんこちんに凝(こ)っていた。

「殿、ご参内はいかがでございましたか」

石川数正、鳥居元忠、松平康忠(まつだいらやすただ)らがそろって話を聞きたがった。

「まあまあ、じゃな」

家康は言葉をにごした。

ずっと平伏して庭の玉砂利を見ていたとは言いにくかった。

「帝とは、どういうお方でございますか」

「御簾の奥におられるので、拝見することはできぬ。対面の間、お言葉を発せられることもなかった」

「御前に伺候(しこう)するだけで、神気をあびて身も心も清められると聞いたことがありますが」

「直(じか)に拝見したなら、目がつぶれるとも聞きましたぞ。それゆえ大和絵にも、お姿を描かぬ仕来りだそうじゃ」

数正も元忠も、そういう話は子供の頃から山ほど聞き込んでいる。

何しろ公卿（くぎょう）が入った風呂の湯が、万病に効くと信じられていた時代なのである。

「話は後じゃ。こたびは長逗留（ながとうりゅう）になるゆえ、将兵の宿所や衣食の確保に全力をつくせ」

家康は康忠だけを残し、肩と腰をもんでもらった。

重臣たちが帝を神のようなお方だと崇（あが）める気持ちはよく分かる。家康もそのように聞き、そのように信じていた。

ところが実際には内裏は荒れ果て、公卿たちは信長の機嫌を取ろうと汲々（きゅうきゅう）としている。

この落差は何だろうと、自分でも気持ちの整理がつかなかった。

数日後、伴与七郎（ばんよしちろう）がやってきた。

都で情報収集にあたっている甲賀（こうか）忍者の棟梁（とうりょう）である。家康は上洛にあたって、各方面の動きをつぶさに調べよと命じていたのだった。

「洛中の様子はどうだ」

「信長公のご上洛を迎え、大変にぎやかでございます」

「先日入洛した時、老若男女が沿道に出て出迎えた。信長どのはそれほど下々に好かれておられるのか」

「あれは一町（約百十メートル）あたり五人を迎えに出すようにと、京都所司代から命令があったのでございます」

　さすがに与七郎は正確に調べ上げている。

　洛中には四百ちかくの町があるので、それだけで二千人。彼らに引きずられて野次馬が集まるので、一万人ちかくが沿道に詰めかけたのだった。

「さようか。さすがに信長どのは抜かりがない」

「人が集まるのは、そうした仕掛けのせいばかりではありません。信長公の治政によって民が潤っているからでございます」

「楽市楽座か」

「楽市や関所の撤廃のおかげで、商売がしやすくなったと歓迎されています。しかし、それだけではありません」

「ほう、他には」

「ひとつは二条城や内裏の新造でございます。信長公が巨費を投じて新造を始められたことで、材木や瓦、普請（ふしん）用の鋤（すき）、鍬（くわ）にいたるまで飛ぶように売れるようになりました。また多くの職人が洛中に集まり、彼らが泊まる職人宿や、作業着やわらじを商う店まで、大変繁盛しております」

現代風に言うなら、公共事業による景気対策である。

二十世紀になって経済学者のケインズが提唱した理論を、信長は四百年も前に実践していたのである。

「それに信長公のご命令に従って、畿内近国二十一ヶ国の大名が軍勢をひきいて続々と上洛しております。その大名たちが使う銭が落ち、下々に回っているのでございます」

「そうか。このたびの上洛命令には、そのような目的もあったのか」

家康はまたまた虚をつかれた気がした。

諸国の商業、流通の拠点を押さえた大名たちは、そこから上がる莫大な収入を独占している。

信長はそれを使わせて大名たちの力を削ぐと同時に、銭が庶民に回るように仕向けたのである。

「都人はもともと諸国の軍勢が上洛するのを忌み嫌っております。それは天下の争乱を持ち込み、洛中を合戦の巷（ちまた）にするからです。ところが信長公は合戦を持ち込まれなかったばかりか、洛中の治安を厳重に守っておられます。近頃は夜でも出歩けるようになったと、都中が喜んでおります」

普請場（ふしんば）で働く人夫や職人、大名にひきいられた軍勢が入ってくれば、治安は乱れがちになる。

ところが信長は、厳罰主義を徹底させることでそれを防いでいるという。

「時には信長公みずから普請場に出て、不届き者を成敗しておられます。あまりの恐ろしさに、信長公のお姿を見ると、のら猫まで身をひそめると噂（うわさ）されております」

「そういえば聞いたことがある。南蛮の宣教師の前で、足軽を斬り捨てられたそうだな」

「去年、ルイス・フロイスというポルトガルの宣教師と会われた時のことでございます」

信長は二条城の建築現場でフロイスと会ったが、その時沿道の警固にあたっていた足軽が、道行く娘の市女笠（いちめがさ）をめくり上げて顔をのぞこうとした。

娘の悲鳴でそれに気付いた信長は、猛然と足軽に走り寄り、一刀のもとに斬り捨てたのである。

「お公家衆が、虎の鼻息をうかがうようにおびえておられるはずじゃ。右大将になってくれと頼み込んでおられたが、信長どのは見向きもされなかった」

「右大将になれば、朝廷の仕来りに従わなければなりません。それを嫌がっておられるというのが、大方の見方でございます」

「そういえば副将軍にも管領にもなられなかった。この先、いったいどうしようとお考えなのであろうか」

「二十一ヶ国の大名衆が上洛したなら、世の中が一変することをなされると、もっぱらの噂でございます」

「ほう、世の中が一変するか」

　いったい何だろうと考えてみたが、家康には想像もつかなかった。

　翌日以後も、将軍の御内書に従って畿内近国の大名たちが上洛してきた。

摂津（せっつ）守護に任じられた池田筑後守勝正（ちくごのかみかつまさ）、大和（やまと）を与えられた松永弾正久秀（だんじょうひさひで）、河内（かわち）の三好左京大夫義継など、いずれも三千ちかい軍勢をひきいていた。

都には日ならずして八万ちかい軍勢が集まった。

その中には浅井長政の姿もあったが、越前の朝倉義景は北陸路の雪が深いことを理由に、期日の三月十日になっても姿を見せなかった。

それは誰もが納得できることで、上洛が遅れただけなら大きな騒ぎにはならなかっただろう。

ところが朝倉義景は、もう一つ困った問題を抱え込んでいた。

若狭守護である武田元明を、越前一乗谷に拘束していたのである。

若狭の国衆を従属させるために、九歳の元明を人質に取っていたわけだが、元明は武田義元（義統）と足利義晴の娘との間に生まれているので、将軍義昭の甥にあたる。

そんな重要人物を拘束し、将軍の命令に従えないようにしているのは、幕府に対する反逆だと見なされたのだった。

信長は義景の非を鳴らし、木ノ芽峠の雪が解けるのを待って征伐軍を送ると主張した。

これには朝倉家に世話になっていた義昭が反対し、使者を送って説得すると言ってゆずらない。

ところが信長は「将軍の命に背く者は信長が成敗する」という掟書の定めを楯に取り、委細かまわず征伐の準備を進めていく。

そのために洛中は、次第に緊迫した空気に包まれていった。

そんな最中、宿所に珍しい来客があった。

水野下野守信元が、数人の供を従えた軽装でたずねて来た。

「家康どの、都の暮らしはいかがじゃ」

信元は相変わらず派手な服に身を包み、甥っ子だと見下すような態度を取る。それでも家康の立場を考え、呼び方だけには気を使っていた。

「伯父上も上洛しておられましたか」

「三月四日に都に着き、二条城の西側の屋敷に入っておる」

「軍勢はいかほど」

「二千五百じゃ。そちとちがって知多半島と西三河の領地しか持たぬのでな」

それでも十万石相当の所領である。しかも三河湾から伊勢湾にかけての海運をおさえているので、財政的には豊かだった。

「信長どのには、もう会われましたか」

「お目にかかった。こうして参ったのは、そちのもとに使いに行けと命じられたからじゃ」

「それがしに、ご用でございますか」

家康の胸を、ふっと嫌な予感がよぎった。

「来る十七日、桜馬場にて馬揃えをせよとのご下命じゃ。当日は公方さまもご臨席なされる。贅を尽くし、都人に三河武士の男ぶりを見せてやれ」

「馬揃えとは、出陣せよということでしょうか」

「やがてそうなる。だがこたびは、軍勢を揃えて威勢を示すだけで良い」

「それは……。当家だけでございましょうか」

「そうじゃ。徳川勢の行軍ぶりはひときわ見事だと、上様も誉めておられた」

「それでは上様は、越前朝倉攻めの先陣に我らを任じられるのでございましょうか」

「その覚悟をしておけ。名誉なことではないか」

「越前攻めについては、公方さまが反対しておられると聞きました」

「そうした噂があるゆえ、上様は公方さまのご臨席をあおぎ、越前攻めが決まったことを天下に示そうとなされておる」

信元は信長に臣従することで、自分の立場を強めようとしている。上様と呼ぶのも側近のような物言いをするのもそのためだった。

「そちなどは知るまいが、上様は上洛される前から朝倉を攻めると決めておられた。わしにも近江の朝妻まで兵糧米（ひょうろうまい）を運んでおけと命じられたほどじゃ」

「朝倉が上洛せぬと、分かっておられたのでございましょうか」

「上洛できぬように仕向けられたのじゃ。畿内近国の大名に上洛を命じられた時から、そのことは織り込みずみであった」

内情に通じていることをひけらかすように信元が語ったのは、以下のいきさつだった。

信長は「禁中御修理、武家御用、そのほか天下いよいよ静謐のため」という理由で諸大名に上洛を命じたが、その狙いは領国を再編することだった。

室町幕府は代々、将軍の代替（だいがわ）りには諸大名に新たに知行安堵（ちぎょうあんど）をおこなってきた。

大名の知行権は将軍が与えたものなので、将軍が替われば主従関係を結びなおさなければならないと考えてきたのである。

しかし、十五代将軍となった義昭は、まだその儀式をおこなっていない。

そこで諸大名を上洛させて知行安堵をおこなうことにしたわけだが、信長はこの機会を利用して大胆な改革を実行しようとしていた。

「その狙いが何か、そちに分かるか」

信元が形のいい口ひげを得意気にねじり上げた。

美男ぶりは相変わらずだが、家康には伯父が少し小さくなったように感じられた。

「畿内の商いと流通を、押さえることでしょうか」

家康は岐阜城の天守閣で信長が語ったことを思い出した。

「ほう。そちも案外物が見えるではないか」

おこぼれでも与えるように誉めてから、信元は話をつづけた。

信長の狙いは、初めから畿内の流通を掌握することにあった。

すでに伊勢湾と堺港を押さえているので、敦賀湾、若狭湾を手に入れて琵琶湖の流通に結びつければ、関銭や津料を徴収するだけで巨万の富を得ることができる。

また火薬の原料の硝石（しょうせき）や弾（たま）の原料である鉛はほとんど輸入に頼っているので、畿内に通じるすべての港を押さえれば、軍事的にも圧倒的に優位に立てる。越前朝倉家が支配する敦賀と小浜の港を奪い取ろうとしているのはそのためだが、武力に物を言わせて無理強いをするわけにはいかない。

そこで信長が考え出したのが、新将軍の知行安堵という形で、諸大名から港や市の支配権を取り上げる方法だった。

源頼朝が鎌倉幕府を打ち立てて以来、守護、地頭に与えられたのは土地と領民の支配権だけだった。

港や市や座の多くは、公家や寺社の采配に任された。

座を結んだ商工業者たちが、公家や寺社を本所とし、その権威を背景として商売を独占していたことが、このことを物語っている。

ところが戦国大名たちは、楽市楽座という方法でそうした権利を公家や寺社から奪い取り、商業、流通まで一円的に支配することで、守護大名の支配を打ち破ってきた。

信長はこれを改め、旧来型の知行安堵をおこなうことによって、商業、流通の支配権を大名たちから取り上げ、幕府の専権にしようとした。

そうしてやがては、自分の手で支配するつもりだったのである。

朝倉義景が頑強に上洛を拒んでいるのは、命令に従ったなら朝倉家の命綱とも言うべき二つの港を取り上げられることが分かっていたからだった。

「朝倉家はどうして、信長どのの企み（たくら）を知ったのでしょうか」

家康は天下を治めることの難しさが、初めて分かった気がした。

「おそらく朝倉家と親しい公家が、内情を知らせたのであろう」

「朝廷も信長どののやり方に反対しているということですか」

「上様は大名の知行安堵と同時に、公家や寺社の知行も見直そうとしておられる。それに反対する者が、朝倉家と気脈を通じているのであろう」

三月六日、信長は朝山日乗（あさやまにちじょう）と明智光秀を朝廷につかわし、公家衆の知行を見直すと通告した。

そのことについて、言継は次のように記している。

〈信長より日乗上人、明智十兵衛両人をもって、公家衆知行分のことを尋ねられ、分別され申し付くべきの由これ有り〉（『言継卿記』）

信長の分別（判断）によって知行を新たに申し付けると伝えたのである。

やがて寺社も公家衆と同じように扱い、彼らが持っている商業的な特権を取り上げるつもりだった。

その最大の標的は、琵琶湖水運の支配権を持つ比叡山延暦寺と、一向一揆に号令して一大商業帝国をきずいている大坂本願寺（石山本願寺）である。

後に延暦寺、大坂本願寺、浅井、朝倉が同盟を結び、信長打倒の兵を挙げる原因はここにあった。

「これで役目ははたした。上様のご配慮じゃ。馬揃えの費用の足しにせよ」

信元が銀の小粒を入れた革袋をどさりと置いた。

手に取ってみるとずしりと重い。五貫文（約八百万円）は優にありそうだった。

桜馬場は二条通を東に向かい、鴨川をこえた所にある。

昔から幕府の馬場として使われ、出陣に際しては馬揃えをおこなっていた。

三月十七日、信長は将軍義昭の臨席をあおぎ、家康に命じて越前朝倉攻めのための馬揃えを挙行させた。

東西二町（約二百二十メートル）、南北四町（約四百四十メートル）ほどの広々とした馬場に桟敷をもうけ、義昭と信長が座っていた。

左右には幕府の重臣たちや公家衆がずらりと並んでいる。その中には黒い長衣を着た南蛮人宣教師の姿もあった。

家康は二条通に手勢三千を整列させていた。

先頭は黒ずくめの甲冑をまとい、大柄の奥州馬に騎乗した大久保忠世の三百騎。

その後方に金陀美具足に身を固めた家康と、馬廻り衆五百騎。

次に鳥居元忠がひきいる鉄砲隊五百と長槍隊五百。

その後ろに弓、槍、打刀の歩兵がつづき、殿軍を朱色の当世具足をまとった石川数正の三百騎がつとめている。

三河から引き連れてきた軍勢の中から選りすぐった者たちで、誰もがこのまま戦場に出てひと働きしたそうな精悍な面構えをしていた。

やがて馬場の入り口で、つるべ撃ちの銃声が上がった。

出発を告げる空砲だった。

「天下の盛儀じゃ。公方さまも信長どのも見ておられる。胸を張って堂々と行け」

家康の号令一下、先陣の忠世らが馬を乗り入れていった。

それを待ち構えていたように、二十人ばかりの山伏がいっせいにほら貝を吹き鳴らした。

低く高く天を衝いて鳴りひびく貝の音に迎えられ、家康と馬廻り衆が馬場に入った。

本多忠勝や榊原康政ら伸びざかりの若武者たちが、華やかな甲冑を身にまとい、整然と四列縦隊の隊形をとって家康の前後を進んでいく。

「五千ばかりの兵をきらびやかに仕立てて、徳川三河守の名を天下にとどろかせて下され」

酒井忠次の助言に従い、新しい具足をあつらえさせていたので、馬揃えがいっそう見事なものになった。

義昭と信長が見守る桟敷の前を、家康は胸を張り前を見据えて進んだ。

桟敷の東西には、二万人ちかい見物人が集まっている。その多くは上洛した大名の家臣たちだった。

外交戦において武田信玄に勝ち、今川氏真を掛川城から退却させて遠江一国を手に入れた家康の名は、今や天下に知れわたっている。

その手勢とはどんなものかと、諸国の猛者たちが鵜の目鷹の目で行軍を注視し、噂にたがわぬ見事さに圧倒されていた。

この日、山科言継も見物に出かけ、その印象を次のように記している。

〈武家（将軍義昭）桜御馬場において三川（三河）徳川の内衆馬共乗られ、御覧なされ、予同じく祗候。五十疋。逸馬、鞍、具足以下、目を驚かすものなり。見物の貴賤二万ばかりこれ有り〉（『言継卿記』）

五十疋とは言継が馬揃えの祝儀に持参した銭だと思われる。一疋は十文のことだから、五百文（約四万円）の出費だったわけである。

馬揃えの後、家康は桟敷に呼ばれて信長から盃を受けた。

義昭は不例（病気）を理由に退席していたが、幕府の重臣たちも公家衆も残っていた。

「徳川三河守、大儀であった」

信長は近習に命じて褒美をはこばせた。

白木の三方に銀百貫（約一億六千万円）の手形がのせてあった。

「朝倉攻めも近い。それで出陣の仕度をととのえておけ」

「有り難きご配慮、かたじけのうございます」

「桶狭間（おけはざま）から十年。あれだけの軍勢をよう育てた。もうひとつ褒美をやろう」

信長が声をかけると、側に控えていた宣教師が地球儀を抱えてきた。

ポルトガル人のルイス・フロイスである。

リスボン生まれの三十九歳で、信長より二つ上。七年前に来日して以来、熱心に布教にあたっているイエズス会士だった。

「フロイスは世界を見てきた男じゃ。分からないことがあれば、何なりとたずねるがよい」

何と信長は、家康が地球儀をもらっても分からないと言ったことを気に留めていて、特別に計らったのである。

こんなところは少年の頃のままだった。

「それでは、おたずね申し上げる」

家康はいささか緊張し、地球がこんな形をしていることがなぜ分かったのかとたずねた。

地球が丸いのなら、どうして海の水はこぼれないのか。人は滑り落ちないのか。

地上に立っていながら、なぜ地球を外側から見たような地球儀が作れるのか。不思議なことは山ほどあった。

「それは私にとっても難しい問題です」

フロイスは苦笑しながら流暢(りゅうちょう)な日本語で答えた。

「私たちが住むヨーロッパには、二千年ちかく前から地球は丸く、太陽のまわりを回っていると説いている学者がいました。よく知られているのは、アリスタルコスという古代ギリシャの天文学者です」

ところがその後、アリストテレスやプトレマイオスが、太陽も月も星も地球を中心に回っているとする天動説をとなえ、長い間信じられてきた。

しかし天文学が発達し、天体観測の精度が上がると、天動説では説明できないことが数多く出てきた。

その問題にいどんだ天文学者コペルニクスは、アリスタルコスの地動説に立ち返り、地球が太陽のまわりを回っていると考えることで多くの問題を解決した。

そのために天文学者たちは地動説を支持するようになり、それを補強するいくつもの観測データを発表するようになった。

「天体観測の詳細を語るだけの知識も能力も、私にはありません。しかしひとつ納得できるのは、月食の時に月に映る地球の影です。三河守さまは月食を見たことがありますか」

「はい、何度か見たことがあります」

　家康は素直な生徒になっていた。

「あれは太陽と地球と月が一直線に並んだ時に起こります。地球が太陽に照らされ、月の表面に影が映るのです。それが弧を描いていることが、地球が丸いことのひとつの証拠です。それに地平線を見ればわずかに丸みをおびていますし、遠くの山も頂上から見えるようになります。地球が平面であるなら、距離が近いふもとから見えるはずです」

「確かにそうかもしれませんが、それが真実だとどうして分かったのでしょうか」

「我がヨーロッパには、天文学者たちの説を信じて地球を回ってみようという冒険家が現れました」

　もし地球が丸いのなら、船で西へ西へ、あるいは東へ東へ向かえば、元の場所にもどってくるはずだ。

　そう考えて西へ向かったのが、スペインの支援を得たコロンブス。東へ向かったのがポルトガル王に命じられたヴァスコ・ダ・ガマだった。

そしてコロンブスはアメリカ大陸を、ガマはアフリカの喜望峰を回ってインドに達する航路を発見したのである。

「二人の勇敢な冒険家のおかげで、スペインとポルトガルはアメリカ大陸やインドに進出するようになり、世界の大航海時代が始まりました。そこでの交易や植民地の獲得によって、ヨーロッパに大きな富がもたらされるようになったのです。そして今から五十年ほど前、フェルナン・デ・マガリャンイス（マゼラン）の艦隊が世界一周に成功し、地球が丸いことを証明したのです」

彼らの航路は次のようなものだったと、フロイスは地球儀をなぞりながら説明した。

一五一九年八月、スペインを出航したマゼランの艦隊五隻は、カナリア諸島に寄港し、南アメリカ大陸のリオ・デ・ジャネイロ地方に立ち寄った。

そのまま大陸の東岸を南下し、後にマゼラン海峡と名付けられた海峡を抜け、太平洋に出ることに成功した。

出港から一年以上が過ぎた、一五二〇年十一月のことである。

　太平洋に出た艦隊は、北西に針路をとってマリアナ諸島にたどり着き、一五二一年三月にフィリピンのレイテ島に上陸した。

　マゼランはセブ島での原住民との戦いで戦死するが、残った隊員たち六十人がビクトリア号に乗り、アフリカの喜望峰を回ってスペインに帰国した。

　出港から三年一ヶ月後の、一五二二年九月のことである。

「五隻の艦隊のうち、任務をはたせたのはビクトリア号だけでした。生き残った乗組員も十八人しかいませんでした。しかし彼らの勇気ある冒険のおかげで、我々は地球に対する多くの知識を得ることができたのです」

「失礼ながら、フロイスどのはどのような航路をたどって日本に参られたのでしょうか」

　家康の頭が世界に向けて広がりかけていた。

「私が生まれたポルトガルのリスボンはここです」

　フロイスがイベリア半島の先端を指さし、ここからインド航路でゴアに行き、マラッカ海峡を通ってマカオに着いたと、赤い線で描かれた航路をなぞった。

「そして肥前の横瀬浦（長崎県西海市）に着きました。一五六三年、こちらの年号では永禄六年のことです」

「七年前ですか」

「そうです。私は数え年で三十二歳でした」

「その年には、それがしは二十二歳でございました」

　桶狭間の敗戦から三年目。三河一国の統一をはたすために、一向一揆と懸命に戦っていた頃だった。

「そうですか。徳川どのは私より十歳も若いのですね」

「ポルトガルから日本まで、どれくらいかかるのでしょうか」

「天候にもよりますが、およそ一年ほどです。途中でいくつかの港に寄港し、水や食糧を補給しなければなりませんので」

「途中で船が沈んだり、賊に襲われたりすることはないのですか」

「それはよくあることです。嵐に巻き込まれ、船のマストより高い波が打ち寄せることもあります。舵（かじ）も帆柱も折れ、何ヶ月も漂流する不幸な船もあるのです」

「それでは、とても助からないでしょう」

「全員餓死や病死して、幽霊船のように海をただよっている船もあるといいます。

それに船に積んだ金銀や財宝をねらって、何百隻もの海賊船が襲ってくることもあります。私がゴアからマカオに向かっていた時も、セイロン島沖で海賊に襲われました」

「そうした苦難を乗り切るための、特別な技術や方法があるのでしょうか」

家康は堺の鉄砲鍛冶を岡崎に招き、城下の鍛冶町で鉄砲を作らせている。その作業場を見学するたびに、南蛮の進んだ技術に驚かされたものだ。

たとえば砲身を作る時、初めに軟らかい鉄（軟鋼）を使って筒状にし、それを補強するために固く強い鋼を外側にかずら巻きにしていく。

鍛冶たちは灼熱した鉄を鋏でつかんで器用に形をととのえていくが、炭素の含有量の少ない軟らかい鉄を作る技術は日本にはないので、すべて輸入品に頼っているという。

これからポルトガルやスペインに追いつくためには、そうした技術を学ぶことが何より必要だと痛感していた。

「ヨーロッパでは百年ちかく前から、そうした問題の解決に取り組んできました。大海原を航海するためには、風に負けずに自在に動く船が必要です。そこで三本マストの帆船が造られました。これだと向かい風でも、前に進むことができるのです」

「前から風が吹けば、後ろに押しもどされるのではないのですか」

「私にも正確には分かりませんが、ふくらんだ帆に風があたると、帆の外側と内側では風の流れる速さが変わります。ふくらんでいる外側を流れる風が速くなり、その方向に帆を引っぱる力が生じるのです」

フロイスは物理学の知識を駆使して、何とか説明しようとした。

要するに揚力のことで、飛行機が空を飛ぶことができるのも、翼の上の面をふくらんだ形にすることで、上方へ引き上げる力を発生させているからである。

ヨーロッパではこの原理を帆船に採用し、三本マストの帆を複雑に組み合わせることで、向かい風でも前に進めるようにしたのだった。

「それに波に負けない頑丈な船を造る必要があります。そこで船底に竜骨を用い、船側の板を縦に並べて張ることによって、重心が低くふくらみのある船体を造ることができるようになりました。これだと海に浮きやすく、波に横倒しにされても起き上がることができます。それに縦に張った板は、内側の横木で頑丈に支えられているので、座礁（ざしょう）した時にも破損しにくいのです」

「フロイス、もう良い」

信長が話を制し、今の話が分かったかと幕府の重臣や公家衆を見回した。

誰も答える者はいない。目を合わせれば何か聞かれるのではないかと、身をちぢめてうつむいていた。

「権大納言、そちはどうじゃ」

信長が山科言継を名指しした。

「な、何がでございましょうか」

「月食を見たことはあろう」

「むろん、この歳まで生きておりますゆえ」

言継は六十四歳になる。

それを笑いの種にして、何とかその場をしのごうとした。

「ならば月食は、月に映った地球の影だと知っておったか」

「いいえ、存じませぬ」

「朝廷の陰陽頭（おんようのかみ）とて知るまい」

陰陽頭とは陰陽寮の長官で、暦や時、天文や占いをつかさどっていた。

「役目がちがいますゆえ、他家の職掌までは分かりませぬ」

「知るはずがあるまい。しかるに朝廷では、月食の日付まで書き込んだ暦を下々に使わせておる。間違った知識にもとづいてこんなことをするとは、万民をあざむくも同じではないか」

信長はこの機会を利用し、意図的に朝廷を攻撃した。

古い権威を打ちこわし、新しい体制をきずこうとしている自分の方針を、皆の頭に叩(たた)き込もうとしたのだった。

第四章

姉川の戦い

小谷城
浅井軍
朝倉軍
姉川
徳川軍
織田軍
横山城

　四月二十日、信長は三万の軍勢をひきいて朝倉攻めに出陣した。

　先陣は家康勢五千がつとめ、信長の本隊は木下秀吉、明智光秀、柴田勝家ら、そうそうたる武将たちが固めていた。

　一行は北白川から山中越えの道をたどって唐崎まで出て、琵琶湖ぞいを北上し、その夜は和邇に宿営した。

　翌日はさらに湖西の道を北上して高島に泊まり、九里半街道を若狭に向かった。

　若狭には朝倉義景に従って武田元明と敵対する国衆がいる。

　彼らを威圧して身方に引き入れ、今回の朝倉攻めは元明を奪い返すのが目的だと知らしめるためだった。

　その日は熊川宿に宿営し、翌二十三、二十四日は三方郡の佐柿にとどまった。ここから越前敦賀まではおよそ三里（約十二キロ）ほどである。

　朝倉氏に従う者も多いので、二日にわたって国衆を本陣に呼び出し、敵か身方かの見きわめをつけたのだった。

　翌朝未明に佐柿を発ち、越前に足を踏み入れた。

　信長は気比の松原の西のはずれにある花城山を本陣とし、諸将を集めて軍議を開いた。

　丘のような小高い山だが、あたりの様子をひと目で見渡すことができた。深い群青色をした海と、山をおおう黒みがかった緑色が鋭い対比をなしていた。

　北側には海が深く湾入し、半島によって外海とへだてられている。深い群青色を
　湾の奥まった所に、天然の防波堤のように東から西に突き出した岬がある。ここに朝倉方の金ヶ崎城があり、朝倉景恒が三千の兵とともにたてこもっていた。

　金ヶ崎城から東につづく尾根の先端には天筒山城があり、気比神宮の社家を中心とした国衆千五百ばかりがたてこもっていた。

「さて、あの城をどう攻める」

　信長が諸将を見渡して意見を問うたが、織田家の重臣たちは主君の気性を恐れて口ごもったままだった。

「三河守、考えはないか」

「見たところ、西の金ヶ崎城は港を扼するための海城、東の天筒山城は陸路を制するための山城のようでございます。敵は尾根伝いに人数を融通し合って籠城戦をつづけるつもりでございましょう」

家康は先陣を命じられた時から、伴与七郎に城の地形を調べさせていた。

「それなら、どうする」

「尾根の南の大手口から攻め上がり、通路を分断いたします。敵はそうさせまいと死力を尽くして守ろうとするでしょう。さすれば他方面の守備が手薄になります。その隙に天筒山の辰巳（東南）の崖から攻め入るべきと存じます」

「忠三郎、絵図を持て」

信長が近習の蒲生忠三郎氏郷に命じて、台の上に城の絵図を広げさせた。

家康が言うように金ヶ崎城と天筒山城は細いやせ尾根でつながっている。

東南は沼や泥田があって足場が悪く、高さ二十丈（約六十メートル）ちかい崖が切り立っていた。

「面白い。この崖を登るか」

「敵は天然の要害を頼み、兵を配していないと存じます。まして大手口から攻められれば、そちらの守りに手を取られることになりましょう」

「さすがは三河守どの、感服つかまつり申した」

末席から声を上げたのは木下秀吉だった。

「おおせの通りその方面の守りは手薄で、崖は背の低い雑木林におおわれております。城への一番乗りのお役目、ぜひともこの藤吉郎にお申し付け下されませ」

秀吉は敦賀到着から軍議までのわずかな時間に、城の様子を確かめている。しかも一番危ない攻め口に行かせてくれと願い出るのだから、家康より一歩も二歩も先んじていた。

「猿か。そちの手勢は五百もおるまい」

「二百もあれば充分でございます。大手口を三河守どのに受け持っていただけるなら、一刻（約二時間）もかからず攻め落としてご覧に入れまする」

秀吉はするすると進み出て、信長の足許に身を投げ出すように土下座をした。

相変わらず芝居がかったことをする男で、柴田勝家ら宿老たちはにがりきった顔をしていた。

「良かろう。家康、大手口を攻めて猿に手柄を立てさせてやれ。正午の鐘を合図に攻めかかるがよい」

正午までにはまだ一刻半（約三時間）ほどある。

家康は大久保忠世と鳥居元忠に軍勢の指揮を任せ、馬廻り衆だけを従えて敦賀の町を見物することにした。

「ご案内、いたしましょう」

足軽姿の伴与七郎が馬の口取りをした。

姿を変えて先に乗り込み、城下をくまなく調べ上げていた。

「まず気比神宮に参拝したい」

「承知いたしました」

一行は花城山から海伝いの道をたどった。

敦賀は海と山がせめぎ合う土地である。

初めは大規模な陥没によって日本海が深く湾入したものの、時がたつにつれて山から流れ込む川が土砂を運び、沖積平野を作った。

しかも塩津（しおつ）街道を行けば、琵琶湖の塩津まで七里半（約三十キロ）の近さである。

こうした地形と立地の良さがあいまって、敦賀港は日本海から都へ向かう際の表玄関として繁栄をきわめてきたのである。

海岸にはいくつもの船着場が作られ、荷揚げや積み込みができるようにしてある。

その中に大木を組み合わせて作った、ひときわ大きな桟橋（さんばし）があった。

「あれは明国から渡ってくる唐人のために、朝倉家が造らせたものでございます。こちらでは唐人桟橋と呼んでおります」

長さ二十間（約三十六メートル）もある桟橋は、十数年前に唐人の指導によって造られたもので町の名所になっているという。

江戸時代になると鎖国され、唐人もやって来なくなったが、唐人桟橋の名前だけは残り、唐仁橋町（現在の敦賀市相生町）の町名に名ごりをとどめたのだった。

「唐船は初め三国湊に入り、そこで商いをしておりました。積み荷を川船に積みかえ、九頭竜川を通って越前一乗谷に持ち込んだのでございます。ところが近年は、京、大坂に近い敦賀湾に入るようになったそうでござる」

「あの船着きに、船を着けるのか」

「長さ三十間（約五十五メートル）ちかい巨船ゆえ、沖に停泊し、艀を使うと聞きました」

「その唐船が、南蛮の火薬や鉛弾を運んでくるのだな」

ポルトガルの商人が泉州堺港に運んでくる弾薬は、信長が独占的に扱っている。他の輸入港は日本海の敦賀と小浜、そして太平洋の紀州雑賀である。

その三つを支配できるかどうかに、信長の畿内制圧の成否がかかっていた。

家康は唐人桟橋を通りすぎ、松林におおわれた気比神宮に参拝した。

気比神宮は越前国でもっとも格式の高い一の宮である。

北陸道諸国から畿内への入り口であり、朝鮮半島や中国東北部と交易する際の拠点でもあったので、古くから北陸道総鎮守に任じられて重視されてきた。

主祭神の伊奢沙別命は天筒山に降臨し、神功皇后の三韓征伐の時に海神を祀るように神託を下した。

これに感謝した神功皇后が安曇連に命じて伊奢沙別命を祀らせたことが、気比神宮の創建につながったという。

むろん家康はそんなことは知らないが、今も昔も変わらない敦賀港の重要性が、信長をして越前朝倉攻めを決意させた。

その決断が三河の家康をはるばる歩かせ、この地に立たせたのだった。

大手口の前には、すでに陣所がきずかれていた。

敵の奇襲にそなえて柵を結い回し、出入口には土嚢を積み上げて虎口を造っている。

柵の中では鳥居元忠が指揮する鉄砲隊二百人ばかりが整列し、楯持ちの足軽とともに出撃にそなえていた。

「我らの役目は、敵を引きつけることだ。決して無理をするな」

数日後には朝倉本隊と雌雄を決することになる。それまでは大きな犠牲を出したくなかった。

「申し上げます。辰巳口の木下隊も、仕度をととのえております」

物見の足軽がそう告げた。

やがて信長が本陣とした妙顕寺から、正午を告げる鐘が鳴った。

「いざ出陣じゃ。織田家の方々に、三河武士の土性骨を見せてやれ」

家康の下知に従い、楯持ちたちが大手道から攻め上がっていく。押し立てた楯に守られながら、元忠の鉄砲隊が敵の守備陣を撃ちくずしていった。

天筒山城はあっけなく落ちた。

家康と秀吉の連携作戦が見事に決まり、東西から挟み撃ちにされた朝倉勢は、武器を捨てて降伏した。

家康らはそのまま尾根の道を封じ、金ヶ崎城の朝倉景恒らを袋のねずみにした。

金ヶ崎城は敦賀湾に突き出した岬の上にある。三方は海で、外への通路は尾根の道しかない。

このままでは全滅する以外にない窮地に追い込まれた景恒は、将兵の助命と引き替えに城を明け渡すことにした。

信長は四月二十六日にこれを受け容れたばかりか、景恒ら全員に朝倉家にもどることを許した。

征伐の目的は朝倉義景を降伏させ、武田元明を取りもどすことなので、ここで強硬に出るのは得策ではないと判断したのだった。

翌二十七日は越前一乗谷への侵攻にそなえ、将兵に休息を与えた。

実はこの日、信長は浅井長政の到着を待っていた。

朝倉家と縁の深い長政に一乗谷攻めの先陣を申し付け、もはや勝ち目はないと朝倉方に思い知らせようとしたのである。

ところが長政は到着しないばかりか、二十八日未明には朝倉家に身方して反信長の兵を挙げたという一報がもたらされた。

「そんな、馬鹿なことがあるか」

信長は長政の謀叛を信じなかった。

妹のお市を嫁がせて同盟関係を強化しているし、江北一円の領有を認めているのだから、背くはずがないと考えていたのである。

だが第二報、第三報がもたらされ、南近江の六角承禎（義賢）もこの企てに加わっていることが明らかになった。

もはや疑う余地はないと判断した信長は、家康をひそかに妙顕寺に呼んだ。

卯の刻（午前六時）前で、あたりはまだ寝静まっている。

今度は何を命じられるのだろうと案じながら、家康は小具足姿で寺に駆けつけた。

「余はこれから都へもどる。後は任せた」

南蛮具足を着て現れた信長は、すでに馬廻り衆に出陣の仕度をととのえさせていた。

「何事でございますか」

「長政が裏切った。六角承禎も一味だ。あやつらだけの才覚ではあるまい」

「誰かが背後で操っていると」

「黒幕がいるとすれば、将軍以外には考えられぬ。このままでは余が桶狭間の義元になる」

将軍義昭(よしあき)は朝倉攻めに反対していたが、信長はそれを押し切って越前に兵を進めた。そこで義昭は信長が敦賀に着くのを見計らって諸大名を挙兵させ、退路を断って攻め滅ぼそうとしている。

余が桶狭間の義元になるとは、そういう意味だった。

「承知いたしました。それで……、どうすれば良いのでしょうか」

家康は自分の凡庸を恥じながらたずねた。

「余がこの寺を出たことは、誰にも知られてはならぬ。当家の旗を残していくゆえ、そちの馬廻り衆にかかげさせて寺の回りに配しておけ。今日の日暮れになったなら、諸将を集めてこのことを告げ、無事に退却(お)できるように算段せよ」

信長はそう申し付けるなり、一刻を惜しむように寺から出て行った。

総勢三万をこえる大軍の中から一千ばかりの馬廻り衆が消えても、気付く者はいない。将兵を充分に休息させた後で、家康は諸将を妙顕寺に集めた。

木下秀吉、明智光秀、柴田勝家らが、いぶかしげな顔で信長のいない軍議の席についた。

「浅井長政どのが、朝倉に身方して兵を挙げられました。上様は退路を断たれる前にと、今朝の卯の刻過ぎに都に向かわれました」

この企てに将軍が関与しているおそれがあるとは、家康は話さなかった。それを言えば、身方の将兵に動揺が広がるからである。

「解せぬ話じゃ。浅井の人数など五千にものぼるまい。謀叛したとあらば、塩津街道を駆け下って蹴散らせば良いではないか」

勝家の武張った意見に、確かにそうだとうなずく者も多かった。

「長政どのも家運を賭けて朝倉に応じられるからには、事前に身方をつのっておられましょう。上様はそのことを察し、一刻も早く都にもどらねばならぬとお考えになったのでございます」

「何ゆえ都にもどられるか、そこが分からぬ。三万の軍勢をもってすれば、近江を押し通って岐阜にもどるのはたやすいではないか」

「柴田どの、今はそのようなことを言っている場合ではござるまい」

末席の秀吉が立ち上がり、殿軍は自分が引き受けると申し出た。

「方々は今夜のうちに陣を払い、上様の後を追っていただきたい」

「それがしも木下どのと共に残ります。都にもどるには熊川宿まで引き返し、朽木谷を抜ける道が近うござる」

光秀は畿内の地理にも精通していた。

「この家康も残りましょう。上様に後を託されましたので、方々より先に退くわけには参りません」

「どうやらお三方で話が出来ておるようじゃ。ならば我らは、先に陣払いさせていただく」

勝家が憮然として席を立ち、組下の武将にすぐに仕度にかかるように命じた。

家康は全軍が退却するのを見届けると、夜のうちに越前と若狭の国境の尾根まで退がり、秀吉、光秀とともに陣を構えて敵が追撃してくるのを待ち受けた。

三人の兵だけでも八千ちかい。そのうち五千は家康の手勢だった。

「徳川どの、明智どの。それがしが先陣に立ち、寝ずの番をいたします。今夜はゆるりと将兵を休ませて下され」

秀吉は十人ずつに分けた小隊に松明を持たせ、ふもとに下りていった。

千人ばかりの手勢だが、鶴翼の陣の形に松明を燃やして大軍がいるように見せかけていた。

「木下どのは知恵の回りが早い。あれでは敵も手出しをためらいましょう」

家康は闇の中の布陣を感心してながめた。

「あれは木下一流の芝居でござるよ」

光秀は冷ややかである。家康より十四も年上の智将だった。

「考えてもみられよ。朝倉勢は金ヶ崎城から退却したばかりだし、浅井勢はまだ到着しておりません。こんな状況で一乗谷から討って出る度胸は、朝倉義景にはござらぬ」

「そうでしょうか」

「義景が金ヶ崎城の後詰め（ごづめ）に出てきたなら、狼煙（のろし）を上げて知らせよと物見に命じております。その狼煙はいまだに上がっておりません」

「木下どのはそれを知っていながら、殿軍を引き受けるとおおせられたのでございますか」

「さよう。後で上様の耳に届くことを、計算に入れてのことでござる」

光秀が言った通り朝倉義景の出陣はなく、家康らは組織立った攻撃を受けることなく都まで引き上げることができたのだった。

浅井長政が兵を挙げたのは、朝倉を攻める時には事前に相談するという約束を、信長が破ったからだという説がある。

だが信長は将軍の命令を名分として朝倉を攻めているのだから、この説は成り立たない。

信長の出陣にあたって、朝廷の内侍所で千度祓いをおこなって戦勝を祈願する計画が立てられていたことが、朝廷と幕府が一体となった出陣だったことを示している。

ところが四月二十七日に計画されていた千度祓いは、急に中止になった。

山科言継は日記に、〈三条大納言、昨夕より所労（疲れ）云々。かくて御千度延引云々〉と記している。

三条家といえば、武田信玄の妻の実家である。

四月十九日の言継の日記には、〈三条内府入道来儀、明後日甲州へ下向云々〉という記述もあり、信玄と密に連絡を取っていたことが分かる。

つまり三条大納言が疲れを理由に千度祓いを延期したのは、信玄をも巻き込んだ信長包囲網がきずかれつつあったからだ。

その計略に浅井長政も加わり、朝倉義景を救おうとして兵を挙げたのである。

これは義昭の差し金だと信長は疑い、いち早く都にとって返したが、この頃の義昭にはまだそれだけの覚悟はなかった。

本当の黒幕は、思わぬ所に潜んでいたのである。


五月下旬、家康は五千の軍勢をひきいて岡崎にもどった。

敦賀で浅井長政の裏切りが明らかになって以来、薄氷を踏む思いをしてきただけに、矢作川を無事に越えた時には安堵のあまり体の強張りが一度にとけた気がした。

沿道には将兵たちの家族が出迎え、身寄りの姿を爪先立ってさがしている。

その真剣な様子を見れば、どれほど心配していたかが察せられて、責任の重さを改めて感じずにはいられなかった。

岡崎城の大手門には、平岩親吉ら留守役の重臣たちに囲まれて、十二歳になった信康が出迎えている。

徳姫も侍女たちを従え、信康の側に寄り添っていた。

家康は大手門の外で馬を下り、

「信康、立派に留守役をつとめてくれたな」

声高に労をねぎらった。

「無事のお帰り、おめでとうございます。さぞお疲れのことと、お察し申し上げます」

烏帽子(えぼし)に大紋(だいもん)姿もりりしく、信康がしっかりとした口上をのべた。

徳姫も背丈が伸び顔もふくよかになって、年頃の娘らしくなっている。その姿がどこかお市に似ていて、家康の胸がかすかに痛んだ。

「親吉、後で来てくれ」

頼みたいことがあると言いおいて、家康は本丸御殿の部屋に入った。

近習の松平康忠(まつだいらやすただ)の手を借りて金陀美具足(きんだみぐそく)をぬいでいると、お万(まん)が替わりますと申し出た。

「源七郎(げんしちろう)さまもお疲れでしょう。あちらで着替えてきて下さい」

身内らしい遠慮のなさで康忠を追い払い、手際良く具足の紐(ひも)をほどいていった。

「しばらく会わぬうちに、娘らしくなられた」

「どうなされたのですか。他人行儀なことをおおせられて」

「そちではない。徳姫さまのことじゃ」

「あら、これはご無礼をいたしました」

お万は屈託（くったく）なく笑って、カニの甲羅（こうら）でもはがすように具足の胴をはずした。

初夏のうだるような暑さの中を行軍してきたので、鎧直垂（よろいひたたれ）には汗がしみついている。むっとする臭いに自分でも眉（まゆ）をひそめたが、お万は平気な顔で仕事をつづけている。

こちらはすでに一人前の女である。

髪や首筋からなまめいた香りが立ち、出陣中の禁欲に耐えてきた家康の鼻をくすぐった。

「湯屋の用意をしておりますが、お入りになりますか」

「その元気もない。しばらく横にならせてくれ」

「それでは汗をぬぐわせていただきます。このままでは着替えもできませんから」

お万はたらいの湯を運ばせ、汗とほこりに汚れた体をふき始めた。

床几（しょうぎ）に座ったまま心地好さに目を細めていると、平岩親吉がやって来た。

「先程、お呼びでございましたので」

まずい所に来たと思ったのか、入り口に立ちつくして弁解した。

「お万は従妹じゃ。いらぬ気を回すな」

家康は平静を装い、明日の夕方に評定を開くので皆を集めよと言った。

「酒井どのや石川どのは、いかがいたしましょうか」

「大事な話がある。今から早馬を飛ばせば間に合うはずだ」

早くしろと親吉を急き立て、家康は畳の上に横になった。

少し休んで湯に入るつもりだったが、思った以上に疲れている。ひんやりとした畳で体を冷やしている間に、引きずられるように眠りに落ちていた。

翌日の夕方、大広間で評定をおこなった。

酒井忠次は吉田城（豊橋市）から、石川家成は掛川城から駆けつけ、重臣筆頭の席についている。

信康も平岩親吉を従えて着座していた。

「急に集まってもらったのは、伝えておきたいことがあるからだ」

家康はまず、三ヶ月以上におよんだ出張のあらましを康忠に語らせることにした。

「それでは僭越ながら」

康忠は覚え書きを元に、何があったかを手際良く語った。

二月二十二日に岡崎を出た一行は、二月末日に信長勢とともに上洛をはたした。三月十七日には将軍義昭の前で馬揃えをする光栄に浴し、四月二十日には越前朝倉攻めの先陣として都を発った。

四月二十五、二十六日に天筒山城、金ヶ崎城を落としたものの、二十八日に浅井長政謀叛の報が入り、信長は馬廻り衆だけを従えて都にもどった。

家康は殿軍として踏みとどまった後、五月二日に都に引き上げた。

その後信長と行動を共にし、都や近江の仕置きをすませてから、鈴鹿山脈を横断する千草越えで岐阜に向かった。

千草越えは近江の日野から伊勢の四日市に抜ける道である。五月十九日にこの道をたどっていた時、何者かが信長を狙撃した。

一発目は信長の頭上をかすめ、二発目は南蛮胴に当たってはね返された。

信長は即座に犯人を突きとめるように命じ、何事もなかったように岐阜城にもどった。

家康は城下で信長に暇を告げ、そのまま岡崎に向かったのだった。

「信長どのを撃ったのは、六角承禎にやとわれた杉谷善住坊という者だと分かった。また浅井長政どのはお市どのを娶って織田家と盟約しておきながら、信長どのに弓を引かれた。近々両者を成敗するゆえ、出陣の仕度をしておくようにとのおおせじゃ」

家康が告げると、重臣たちは戸惑ったように黙り込んだ。

三河や遠江での戦しか経験がないので、近江での戦がどうなるか想像もつかなかったのである。

「こたびの上洛と出陣で、わしは信長どのが何を成しとげようとしておられるのかよく分かった。しかしそれは敵の多い苦難の道じゃ。織田家と盟約したからには、我らもその道を共に歩く覚悟を定めておかねばならぬ」

「信長公が何をしようとしておられるか、田舎者の我らにも分かるように、話していただけませぬか」

皆の気持ちを代弁して、忠次が口を開いた。

「わしも以前、そうたずねたことがある。すると信長どのは、天下を尾張にするとおおせられた。尾張で成功した新しい商いや流通のやり方を、日本全国におよぼすということだ。その上で明国や南蛮との交易を一手に握り、世界に出て行こうとなされておる」

「信長公に敵対するとは、どのような者たちでござろうか」

「新しい天下を望まぬ輩じゃ。楽市楽座によって、市や座からの収入を断たれた者たちがいる。信長どのがすべての港や流通を支配されることに、異をとなえる者たちも多い。そうした者たちは朝廷や幕府とつながり、信長どのを封じ込めようとするだろう」

家康の念頭には、比叡山延暦寺や大坂本願寺があった。

両寺は門跡寺院であり、朝廷に対して大きな影響力を持っている。そして朝廷の意向には、幕府も逆らえないことが多いのだった。

信長が今の方針を貫こうとすれば、朝廷や幕府の守旧派との全面的な対決になる。家康は今度の経験から、そう感じていた。

「おそらく浅井、朝倉との戦いは、その火ぶたを切るものとなろう。我らが最も警戒しなければならないのは、この戦いに武田信玄どのが敵方として参入されることだ」

「そのようなことが、あるのでございましょうか」

石川家成が気遣わしげにたずねた。

掛川城主として駿河（するが）の武田勢と日々にらみ合っているので、その動向にはひときわ神経をとがらせていた。

「伴与七郎の調べで、二つのことが分かった。ひとつは都の三条家と武田家が、密接に連絡を取り合っていること。もうひとつは、信玄どのが幕府に一万五千疋の所領を寄進すると約束されたことだ」

一万五千疋の所領とは、毎年百五十貫文（約千二百万円）の収入がある土地ということである。

額こそ少ないが、この寄進は信玄が幕府に接近する工作を始めている証（あかし）だった。

「それゆえこれから、武田に対する備えがいっそう重要になる。そこで岡崎城は信康に任せ、わしは曳馬（ひくま）城（浜松城）に移ろうと思う」

都から引き上げてくる道中、家康はずっとそのことを考え、それ以外に方法はないと決断していた。

「それはまた、急な話でございますな」

　忠次は不満を隠そうともしなかった。

　信康はまだ若く、その器ではないと考えていたのである。

「確かに信康ではまだ荷が重かろう。だが三河にいる重臣たちが支えてくれたなら、すぐに一人前の後継ぎになる」

「しかし、曳馬城はまだ普請の途中でござる。それに殿の居城とするほどの構えではございませぬ」

「城の構えなどは、少しずつ大きくしていけば良い。大事なのはわしが遠江に移り、陣頭に立って備える姿勢を見せることだ」

「いつ移られるつもりでござるか」

「浅井攻めのけりがついてからだ。忠次には苦労をかけるが、秋までには入れるようにしてもらいたい」

　信長が天下布武の夢を成しとげられるように、自分が東の楯にならなければならぬ。家康はそう考えていたし、信玄を封じ込めるだけの力がついたという手応えも感じていたのだった。

翌日、家康は信康を部屋に呼んだ。

側にはいつものように平岩親吉が従っていたが、

「今日は親子の話がしたい。しばらく席をはずしてくれ」

二人きりで向き合うことにした。

信康の顔はまだ子供の丸みをおび、体の骨格も定まっていない。だが聡明で気丈そうな深みのある目をしていた。

「昨日評定の席で言った通り、そなたにこの城を任せることにした。つまり三河一国を任せるということだ」

「はい、父上」

「側には親吉や石川数正（かずまさ）のような良き家臣がいる。あの者たちの意見をよく聞き、それでも迷うことがあれば、わしに相談するがよい」

「そのようにさせていただきます」

「荷が重すぎると思うか」

「いいえ。早いうちに経験をつませていただき、有り難いことだと思っています」

信康の口ぶりには、親吉に教えられたことをくり返しているようなところがある。

だが本心からそう思っていることは、落ち着いた態度に表れていた。

「ついては国を治める心構えについて、二つだけ伝えておく。ひとつは人の上に立ち国を治める者は、我欲があってはならないということだ」

「ガヨクとは、何でございますか」

信康にはまだ難しすぎる言葉のようだった。

「我の欲という字を書く。我欲ではなく道理にもとづいた判断をしなければ、多くの者を納得させることはできぬ。分かるか」

「はい、父上」

「ではどうすれば、道理にもとづいた判断をできると思う」

「皆の意見をよく聞くことだと思います」

「その通りだ。だが多くの意見を聞いたところで、心が邪(よこしま)であればそれを活(い)かすことはできぬ。汚れたりゆがんだりした鏡が、物を正しく映さないのと同じだ」

「心を正しく保つには、どうすればいいのでしょうか」

「神仏をうやまい、先祖の名を汚(けが)さぬように心掛けることだ。仏教では心の三毒は貪(とん)、瞋(じん)、痴(ち)だと説いている」

貪とは欲をむさぼること、瞋とは怒りや憎しみにとらわれること、痴とは無知のことである。そんな毒が心にきざしたなら、早めに摘み取るように心掛けよ。家康はそう教えた。

「兵法に調略がある。知っておろうな」

「はい。孫子の書にも、算多きは勝ち、算少なきは勝たず。しかるを況んや算なきにおいてをや、という言葉があります」

「調略の中には謀略もある。間者を送って他家を撹乱し、対立をあおって攻め亡ぼすやり方だ。謀略を仕掛ける時には相手の欲をあおり、怒りや憎しみをかき立て、無知につけ込む。それを防ぐためにも、三毒から離れなければならぬ」

家康は源応院が遺言とした立て文を、信康に渡した。

世の中はきつねとたぬきの化かしあい
欲ばしかいて罠にはまるな

桶狭間の戦いの直前に受け取ったもので、今川義元が罠にはめられることを予言したものだった。

「これをお守りがわりに持っておけ。城主、大名となったからには、敵方からそなたに謀略を仕掛けてくることもあろう。わしとの仲を裂こうと企む輩もいるかもしれぬ。そんなことがあったなら、この歌を何度も読め。化かされていないか、目先の欲におぼれていないか、よくよく考えることだ」

「分かりました。頂戴いたします」

信康がうやうやしく一礼して立て文を受け取った。

「もうひとつは織田家とのことだ。昨日も言ったように、わしは信長どのの天下布武に生涯を賭ける。それがこの国のため、天下万民のために必要だと信じるからだ」

「評定の席でうかがいましたが、私にはよく分かりませんでした。信長さまが天下を治められることが、なぜ万民のためになるのでしょうか」

「この国は源頼朝公が幕府を開かれて以来、武家と朝廷と寺社で権力を分けあってきた。それが四百年ちかくつづいてきたが、三十年ほど前から南蛮諸国との交易が始まり、国内の仕組みも大きく変わった。農業を中心とした旧来の武士ではなく、商いや流通を押さえて富を得た者たちが力を持つようになった。その一番手は瀬戸内海を押さえた三好長慶どのだが、細川管領家や幕府の壁にはばまれて新しい天下をきずくことができなかった」

次に現れたのが伊勢湾を押さえた信長だ。

家康は噛んで含めるように、信長がどんな政策を取り、尾張や美濃を豊かな国に変えていったかを語った。

それとともに両国の民も、豊かさや自由を享受するようになったのである。

「信長どのはそのやり方を、日本という国全体に広げていこうとしておられる。それは己の野望や欲のためではなく、そうしなければこの国が新しく生まれ変わることができないからだ」

「ひとつ分からないことがあります。おたずねしてもよろしいでしょうか」

「何なりと、申すが良い」

「なぜすべての民が、豊かで自由にならなければならないのでしょうか。人には分というものがあり、家柄や身分に応じて生きることが国の秩序を保つためには必要だ。そう説いた書物もありますが」

確かに孔子も、皆が欲を離れて分相応に生きなければ世の乱れはおさまらないと説いている。

それが社会の秩序を保つための理論的な支柱として日本にも取り入れられ、何百年もの間信じられてきた。

おそらく親吉も、旧来の考えが正しいと信康に教えてきたのだろう。そうした道徳観を、信長は根底からくつがえそうとしていた。

「それは、つまり」

家康は思わぬことをたずねられて言葉に詰まった。

そして自分がなぜ信長に従って戦いつづける決意をしたのか、もう一度頭の中を整理してみた。

「つまり豊かで自由になることを、民が望んでいるからだ。民が望むようになれば、一人一人の力が充分に発揮され、国の力が増していく。その力によって戦に勝ち抜くこともできるし、他国の民もそうした領主に従いたいと願うようになる。さすれば武力に頼らずとも領国を広げられる。すぐれた領国経営をすることも、調略のひとつなのだ」

たとえば西美濃三人衆がいい例だと、家康はまたしても信長を引き合いに出した。

三人衆とは、稲葉良通、安藤守就、氏家卜全（直元）のことだ。三人は美濃国西部に所領を持ち、斎藤道三の重臣として美濃国を支えていた。

ところが道三、義龍と相ついで斃れ、龍興の代になると、三人は斎藤家を見限って信長の配下になった。

これは一般的に言われるように龍興が凡庸だったためでも、信長が示した条件に三人衆の目がくらんだからでもない。

信長の改革によって尾張が繁栄をきわめるのを見た三人衆の家臣や領民が、信長の分国になって同じような治め方をしてもらいたいと望んだからだった。

「民の心が領主から離れたなら、いかに力で押さえつけようと法を厳しくしようと詮方ないことだ。将兵はいつの間にか逃げ去り、百姓は村ごとまとまって逃散する。そうしたことがないように、我々は家臣、領民を天から預かった宝だと思い、大事に守らねばならぬ。それが御仏の教えにもかなっているのだ」

家康は信康に語ることによって初めて、そうした考えが血肉になっていることに気付いた。

大樹寺で腹を切ろうとして登誉上人に一喝されてから十年、厭離穢土、欣求浄土の理想を自分なりに追い求めてきた結果だった。

信康はどこか納得しかねるあいまいな表情をしている。だが、この歳では無理もあるまいと、家康は気長に成長を待つことにした。

「ところで、母上はどうする」

「母上……、と申しますと」

「そなたの母上だ。城主になったのを機に、この城に迎えるつもりはないか」

「よろしいのですか」

信康の顔がいっぺんに明るくなった。

大きな八重歯まで見せる喜びようだった。

「城主はそなただ。そうしたいなら、まわりを説得すればよい」

「おばばさまは、お許しになるでしょうか」

おばばさまとは於大の方である。於大が瀬名の入城を厳しく拒んでいることを、信康も知っていた。

「もはや今川家との関係をはばかることはない。遠江を治める上でも、今川家の旧臣の支持を得ることは重要だ。それに亀姫のこともある。そうしたことを順序立てて話せば、おばばさまも分かって下されよう」

「ありがとうございます。平岩と相談し、手立てを講じたいと思います」

「母上の意向を確かめる方が先だ。惣持尼寺をたずねてうかがってみよ」

「分かりました。さっそく」

信康は一刻を惜しむようにあわただしく部屋を出ていった。

家康は信康が立ち去った方をしばらく見つめていたが、ふと思い立って於大の方をたずねることにした。

信康が頼みに行く前に、話の道筋をつけておいてやろうと思ったのである。

「そう。ついにあの女を城に入れるのですか」

於大は内心反対のようだが、以前のように瀬名のことを悪しざまには言わなかった。

「信康が城主になるのですから、それも仕方がないのかもしれません。まだ若いし、心の支えも必要でしょうから」

「ありがとうございます。倅もさぞ喜ぶことでしょう」

「わたくしだって、そんな、血も涙もない女ではないのですよ」

すべてお家大事と思うからだと、於大が照れたようにはにかんだ顔をした。

事態は六月四日に動いた。

観音寺城を追われて甲賀に逃げ込んでいた六角承禎（義賢）が、浅井、朝倉と呼応して兵を挙げ、近江の野洲川（滋賀県野洲市）まで北上してきたのである。

近江の守備にあたっていた佐久間信盛と柴田勝家が迎え討ち、野洲河原の戦いで打ち破ったものの、六角勢は南近江にとどまって再起をはかっている。

知らせを受けた信長は、浅井長政を討って禍根を断つ決断をし、配下の軍勢に出陣を命じた。

信長の使者が岡崎城に飛び込んできたのは、六月十日のことである。

「上様は十九日に近江にご出陣なされます。それまでに岐阜に参陣せよとのご下命でございます」

「承知した。ただし雨で木曽川が渡れぬこともある。その時には、二、三日遅れることをお許しいただきたい」

家康は用心深く答えた。

出陣したのは三日後である。

今回は徳川家の真価を問われる一戦だけに、酒井忠次も一千の兵をひきいて吉田城から馳せ参じていた。

石川数正の三河衆二千、そして家康の旗本二千。合わせて五千の軍勢で、上洛の時と同じ道をたどって岐阜に向かった。

ところが案の定、雨にたたられた。

出発の翌日から降り出した雨は、三日の間間断なく降りつづき、木曽川の水位を三尺（約九十センチ）ばかりも上げていた。

茶色く濁った川はいつもの倍くらいの幅になり、何もかもを呑み込む勢いで流れていく。

家康はやむなく軍勢を川のほとりにとどめ、水位が下がるのを待つことにした。

六月二十日にようやく木曽川を渡り、長良川、揖斐川に手こずりながら中山道を近江に向かった。

その間にも伴与七郎配下の甲賀忍者が、刻々と近江の戦況を伝えた。

「信長公の軍勢は一万五千」

「十九日の夜は、長比城（米原市）に宿営なされました」

浅井長政は信長勢の侵攻にそなえ、美濃と近江の国境に長比城と苅安城をきずいていた。

そして堀秀村と樋口直房に守備を命じたが、二人は信長の調略に応じて戦わずして降伏し、近江への先導役をつとめることにしたのだった。

「二十一日、信長公は虎御前山の陣に入られました」

「浅井勢は小谷城に立てこもり、朝倉勢の来援を待っております」

甲賀忍者たちの報告は正確で切れ目がない。いずれも信長方の優勢を伝えるものだが、中には眉をひそめるような知らせもあった。

「織田勢は小谷城下に乱入、ことごとく焼き払っております」

「村々に打ち入り、青田刈りや略奪をおこなっております」

いずれも合戦ではよく用いる手だが、信長は刃向かう者はなで斬り（皆殺し）にしても構わぬと命じたという。

これは明らかに行き過ぎだった。

（焦っておられるのだ）

信長の心中を、家康はそう察していた。

信長が朝倉攻めに出陣した隙をつき、浅井長政や六角承禎に手を回して挙兵させた者がいる。

信長は将軍義昭の仕業だと見て、ただちに都にとって返した。

しかし義昭がそんな動きをしていなかったことは、側に付き従っている細川藤孝（ふじたか）の証言によって明らかになった。

では誰だ。

誰が浅井や六角をあやつって信長を討とうとしたばかりか、三条大納言に手を回して千度祓いを延期させたのか。

それが分からないだけに、信長は暗がりで足をすくわれるような不気味さを心中に抱えている。

その不安が焦りとなり、容赦のない戦法を取らせているにちがいなかった。

六月二十三日、中山道の関ヶ原に宿営していると、伴与七郎が直前の状況を伝えた。

「信長公は虎御前山を引き払い、横山城（長浜市）を包囲なされました。ここを攻め落とす構えを取り、浅井、朝倉勢が後詰めに出てくるのを待つ計略だと思われます」

「出て来たのか。朝倉勢は」

「まだ来ておりません。浅井勢が小谷城に立てこもり、織田勢と小競りあいをくり返している程度でございます」

小谷城は難攻不落とうたわれた山城である。

このまま攻めては身方の損害が大きいと見た信長は、横山城を攻め落とす構えを見せて敵をおびき出す作戦を取ったのだった。

翌日、家康勢は横山城に着いた。

北国脇往還（ほっこくわきおうかん）の西側に位置する山城で、小谷城から一里半（約六キロ）ほどしか離れていない。

浅井家にとって領国防衛の前線基地で、三田村国定（みたむらくにさだ）ら一千余の兵が守りについていた。

山上の尾根には北と南に城がきずかれ、曲輪（くるわ）や竪堀（たてぼり）、堀切（ほりきり）などを配して守りを固めている。

織田勢はすでに尾根まで上がり、敵に倍する人数を配して動きを封じていた。

城のある山頂から細い尾根が北に伸び、姉川に近いところでふもとをなす。その尾根の先端にある小山を竜ヶ鼻と呼ぶ。

信長はここを本陣とし、姉川に向けて一万五千の兵を配していた。

家康は軍勢を街道にとどめ、酒井忠次を従えて本陣に行った。

ちょうど軍議の最中で、柴田勝家、佐久間信盛、丹羽長秀、木下秀吉ら重臣たちが顔をそろえていた。

「雨にたたられ参陣が遅れました。おわび申し上げます」

家康は深々と頭を下げたが、信長は冷ややかな目を向けたばかりだった。

座れとも言わないので、重臣たちの視線にさらされて立ちつくしているしかなかった。

「これは三河守どの。参陣大儀にございます。金ヶ崎で殿軍をつとめさせていただいた折には、お助けいただきかたじけのうござった」

秀吉が大声を上げて席を立ち、こうして生きておられるのは三河守どののお陰だと誉めちぎった。

「ささ、ここにお座り下され。それがしはこれから上様のご用で出かけまする。このようにさせていただいて、よろしゅうございましょうな」

秀吉はそつなく皆の了解を得ると、自分の床几を信長のすぐ側にすえた。

家康は信長の同盟者だから、重臣たちより上座につくのは当然だった。

「よう来た。だがすでに戦の手配りは終わった。そちは後陣に下がって、戦ぶりを見物しておれ」

信長は不機嫌のきわみである。

焦りよりも長政への怒りが勝っているようだった。

「朝倉勢はまだ来ておらぬようですが」

家康はそんな風に話を向けた。

「木ノ芽峠をこえたことは分かっておる。二、三日のうちには現れるはずだ」

「人数はいかほどでございましょうか」

「多くて一万、少なければ八千」

「浅井勢は五千ばかり。両軍をどう迎え討つのか、聞かせていただけませぬか」

「忠三郎、絵図を持て」

近習の蒲生氏郷に絵図を広げさせ、信長は計略を語った。

伴与七郎が報告した通り、浅井、朝倉勢が横山城の後詰めに出てきたところを叩(たた)くつもりである。

姉川の南岸に軍勢を配し、敵が渡河にかかった時に討ち取る作戦だった。

「姉川を渡る浅瀬は二つしかない。野村と三田村だ」

信長は扇子で絵図の二点をさし、我らはそれを待ち受けていればいいと言った。

「恐れながら、敵は一万五千。上様の軍勢とほぼ同じでございます。鉄砲の装備でまさっているとはいえ、その戦法は長政どのも存じておられましょう」

「余の前で、二度とその名を口にするな」

信長が血相を変え、いきなり怒鳴りつけた。

「ご無礼いたしました。お身方の備えは敵も知っておるゆえ、策もなく渡河にかかりはするまいと申し上げたかったのでございます」

「どんな策をろうするか、分かったような口ぶりではないか」

「奇襲をかけるか、伏兵を用いるはずでございます。参陣が遅れたとはいえ、この家康は上様と生死を共にすると盟約した者でございます。後陣で何もしなかったとあっては、天下の物笑いになりましょう」

それゆえ我らを本陣の側におき、敵の策略に合わせて臨機に動く遊撃隊として使ってほしい。家康はそう申し出た。

「なるほど。そちの軍勢なら似合いの役かもしれぬ」

信長はようやく顔をほころばせ、ここに布陣するが良いと竜ヶ鼻の西側をさした。

六月二十七日、朝倉勢が姿を現した。

軍奉行の朝倉景健にひきいられた八千余が、竜ヶ鼻の真北に位置する大依山に布陣した。

これに浅井勢五千も加わり、山上に旗を並べて威勢を示した。

小谷城から大依山までは南東におよそ一里（約四キロ）。横山城から大依山までは真北に同じく一里ほど。

浅井、朝倉勢はちょうど中間の位置に旗を立て、横山城内の身方に救援の用意があることを伝えると同時に、織田方の出方をうかがっているのだった。

総勢は一万三千。

このまま一丸となって織田の本陣に突っ込んでくるのか、それとも何か策を用いるのか。誰もが固唾(かたず)をのんで目をこらしていると、夕暮れ時になって敵は大依山から下り始めた。

やがて山の陰に入って見えなくなったが、再び姿を現した時には、長蛇の列になって小谷城に向かっていた。

「横山城の後詰めを、諦めたのでござろうか」

忠次が不審そうにたずねた。

「そうかもしれぬ。あれだけの人数で川を渡るのは危険すぎる」

家康はそう見ていた。

戦になれば川を前にしている方が圧倒的に有利である。川を渡ろうとすれば、流れに押されたり深みに足を取られたりして戦闘態勢が乱れるからだ。

この不利をおぎなうには、少なくとも敵の二倍の兵力が必要である。

ところが浅井、朝倉勢は織田勢より兵力に劣るのだから、姉川を渡って横山城を救うのは無理だと判断したのかもしれなかった。

「しかし、横山城を見捨てては、他の国衆へのしめしがつきますまい」

「そちならどうする。長期戦にそなえて兵を温存するか、大将の面目にかけて不利な戦を仕掛けるか」

「形勢挽回の見込みがあれば、兵を温存して後日を期しまする」

「わしもそうする。だが長政どのは、気性の激しい真っ直ぐなお方だ。おそらくそうはなされまい」

岐阜城で長政とお市に会った時には、夫婦仲も良さそうで、長女のお茶々についで二人目もさずかったと話していた。

あれはわずか四ヶ月前のことなのに、今や敵と身方に分かれて命のやり取りをしなければならないのだった。

夜半になって伴与七郎が報告に来た。

「敵の退却は雑兵、人足を使った見せかけでございます。主力は大依山の陰で出陣にそなえております」

おそらく明日の未明に攻めてくるだろうと言う。家康はすぐに信長の本陣に使者をつかわし、このことを伝えた。

与七郎の読みは的中した。

浅井、朝倉勢は夜の闇にまぎれて移動を開始し、夜明け前に姉川から五町（約五百五十メートル）ほど離れた野村に布陣した。

ここに兵力を集中して一気に川を押し渡るつもりかと思いきや、朝倉勢だけが野村の五町ほど西にある三田村に移動した。

ただでさえ少ない兵力を分散するとは、兵法の常道からはずれたやり方だった。

「徳川どのは朝倉勢にそなえ、三田村の対岸に布陣していただきたい」

蒲生忠三郎氏郷が信長の命令を伝えた。

池田恒興、丹羽長秀に二千の兵をつけて応援によこすという。

敵を目前にしての陣替えに、不満を口にする者もいる。だが家康は夜明けを待って即座に移動を開始した。

姉川の南に小高い山（勝山）がある。ここに上って本陣をすえると、あたりの様子が手に取るように見渡せた。

野村に布陣する浅井勢を、信長勢は姉川の川岸まで出て迎え討とうとしている。

先陣は桔梗紋の旗をかかげた明智光秀と、ひょうたんの馬印を立てた木下秀吉がつとめていた。

　両勢の主力は長槍に守られた鉄砲隊だが、敵にさとられないように長槍を伏せたままだった。

　対する浅井勢は、竹を束にした見慣れない楯を先頭に押し立てていた。

「あれは竹束と申して、鉄砲弾を防ぐためのものでござる」

　与七郎は敵の装備も調べていた。

　朝倉勢は弓隊、槍隊、騎馬隊からなる旧式の備えだが、北陸のきびしい自然に鍛えられた剽悍な面構えをしていた。

「朝倉は明国と交易していると聞いたが、鉄砲を備えておらぬのか」

　家康は妙だと思った。

「いえ。三百挺ばかり持っております」

「どこにも見えぬが、忠次、そちはどう思う」

「確かに筒持ちもいないようでございますな」

　鉄砲隊は銃撃する者と、側について弾込めをする筒持ちと呼ばれる雑兵によって組織される。

三百挺をそなえているのなら、六百人の部隊になるはずである。

その姿がどこにもなかった。

「あれは囮だ」

家康の頭にひらめくものがあった。

浅井、朝倉の狙いは、野村に主力を集中し、姉川を押し渡って信長の本陣を粉砕することにある。

それゆえ朝倉の精鋭部隊や鉄砲隊を、旗印を変えて浅井勢にまぎれ込ませているにちがいない。

陣を二つに分けたのは、織田勢を二分して備えを手薄にする作戦なのだ。

「忠次、数正、すぐに全軍をひきいて朝倉勢を攻めよ。鉄砲隊を出しても、長槍は使うな。手盾ばかりを用いよ」

「しかし、まだ織田勢が」

到着していないと、忠次も数正も二の足を踏んだ。

「三田村の朝倉勢に鉄砲はない。我らだけでも突き崩せるはずだ」

「ならば、それがしにお申し付け下され」

名乗りを上げたのは、忠次に従ってきた鵜殿氏長だった。

二百ばかりの手勢で川を押し渡り、敵の備えを確かめるという。

「殿に助けていただいた命、いつでもお返し申し上げます」

「よくぞ申した。そちの勇気で、わしの見立てが正しいことを証してくれ」

「承知いたしました」

返事もいさぎよく、氏長は二十騎ばかりをひきいて川に乗り入れていった。

その後から弓、槍、鉄砲を手にした家臣たちが追っていく。氏長を討たせるなと、忠次も数正も全軍に渡河にかかるように命じた。

朝倉勢は敵が川を越えてくるとは想像すらしていない。あわてて弓、槍を出して上陸を阻止しようとしたが、三田村から姉川まで走っている間に、徳川勢は楽々と川を渡りきっていた。

朝倉景健はやむなく弓、槍隊を下げて、楯持ちの足軽を前面に並べて守りに徹しようとした。

家康が見抜いた通り、鉄砲隊は一人もいない。動いたのは敵を引きつけるための囮の部隊だったのである。

その頃、野村の浅井勢は渡河にかかっていた。

磯野員昌がひきいる一千ばかりの先陣部隊が、竹束を押し立てて中洲まで渡り、その後ろから鉄砲隊が明智勢に銃撃をあびせた。

明智勢も応戦するが、弾は竹束にはね返されて四方に飛び散るばかりである。

敵の一斉射撃がやむと、磯野勢は槍隊をくり出し、中洲から一気に対岸に攻め上がろうとした。

ところがその先には、織田家自慢の長槍隊が待ち受けていた。

磯野勢は二間（約三・六メートル）ばかりの普通の槍を用いている。対する明智勢は三間半（約六・三メートル）の長槍で槍衾を作っているので、近付くことさえ難しい。

その間に鉄砲隊が弾込めを終えるのを見ると、磯野勢はいっせいに中洲に逃げ帰ろうとした。

そこを背中から撃たれ、数十人が川を血に染めて突っ伏した。

好機と見た長槍隊は、二人がかりで槍をもって突撃していく。その威容に圧倒され、竹束を並べていた磯野勢が敗走をはじめた。

明智勢の攻勢を見た木下秀吉も、長槍、鉄砲の部隊に追撃を命じ、一気に浅井勢の本陣に迫ろうとした。

「敵の備えはくずれたぞ。押せ押せ」

先陣の武将が力の限り軍配を打ち振った時、姉川の上流から十数隻の川舟に乗って浅井の伏兵が現れ、明智、木下勢の横腹めがけて鉄砲を撃ちかけた。

そうして舟を中洲に寄せると、刀や槍を手にした者たちが次々と飛び下り、体をぶつけるような白兵戦をいどんだ。

こうなると長槍隊は弱い。長すぎる槍は重いばかりで何の役にも立たないし、長槍隊がくずれれば鉄砲隊は弾込めをする間(ま)を確保できなくなる。

これを待って磯野勢はいっせいに反撃に転じ、明智、木下勢を対岸まで追い上げたばかりか、敵の敗走に付け入って織田勢の守備陣を次々に突破していった。

勝負はこの時と見た浅井長政は、全軍に渡河を命じて信長の本陣に向かわせた。

三つ盛亀甲紋(みつもりきっこう)の旗をかかげた浅井勢が、くさびを打ち込むように織田勢を切り裂いていく。

「忠勝(ただかつ)、康政(やすまさ)」

勝山から様子を見ていた家康は、本多忠勝と榊原康政に浅井勢を横から攻めるように命じた。

若武者二人にひきいられた旗本の騎馬隊は、陣形が伸びすぎた浅井勢をやすやすと分断した。

また横山城の封鎖にあたっていた稲葉良通、氏家卜全、安藤守就の西美濃三人衆も、姉川の上流から救援に駆けつけたために、浅井勢は総崩れになって敗走していった。

合戦の後、諸将が竜ヶ鼻の信長の本陣に集まった。

南蛮胴の鎧をつけた信長は、家康を見るなり大股で歩み寄ってきた。

「家康、ようやってくれた。今日の勝利はそちの手柄によるものじゃ」

家康の手を両手で握りしめ、自分の床几の横に座らせた。

表情がまだ固いのは、敗北の一歩手前まで追い込まれたからである。それだけに家康の働きに対する感謝は大きかった。

「猿、猿はどこにおる」

「ははっ、こちらに」

秀吉が末席から小犬のように勢い良く飛び出してきた。

「敵の伏兵にも気付かぬとは、何たる様じゃ。お市を嫁にもらいたいなら、三河守ほど大きな手柄を立ててみろ」

「ははっ、まことに面目ございませぬ」

秀吉は亀縮みに縮んで平伏した。

これは信長の照れ隠しである。自分の失策の責任を誰かに押しつけて、冗談事にしてしまいたいのだ。

そんな時の叱られ役に、秀吉ほどの適任者はいないのだった。

この日、信長は感状を与えて家康の手柄を賞した。

その内容は次のような破格のものだったと、『徳川実紀』は伝えている。

〈今日の大功、勝げて言うべからざるなり。先代に比倫なし、後世誰が雄を争う。当家の綱紀、武門の棟梁というべきなり〉

第五章

信玄と信長

元亀三年（一五七二年）勢力図

本願寺
朝倉義景
武田信玄
浅井長政
徳川家康
三河
駿河
遠江
織田信長
浜松城
三方ヶ原
三好氏

姉川の合戦から二年が過ぎた元亀三年（一五七二）七月、徳川家康は浜松城の拡張を急いでいた。

この城は遠江東部の拠点とするために今川氏がきずいたもので、名を曳馬城といった。

城の規模も東西一町（約百十メートル）、南北一町半ほどの小さなものだった。

これでは家康が拠点とするにはあまりに貧弱である。そこで二年前の九月にこの地に移り、名を浜松と改めて拡張工事に着手したのだった。

あたりは旧曳馬城（古城）から西に向かって、少しずつ標高の上がる高台になっている。

高台の北側は深い谷と崖がつらなる自然の要害である。

そこで高台の山頂部を天守曲輪とし、東に向かって本丸、二の丸、三の丸を配し、古城とつなげるようにした。

古城は東海道にも天竜川ぞいの二俣街道にも近いので、敵の攻撃にさらされやすい。城中から出撃する際の馬出しにもなるので、高石垣と中土手をもつ堀を配して、守りをひときわ厳重にしていた。

城の広さは古城の十倍ちかくになる。遠江、三河を領する大名にふさわしい雄大な構えだが、家康はまだ安心できなかった。

やがて甲斐の武田信玄が、遠江ばかりか三河まで制圧しようと大軍をひきいて攻めてくるだろう。

しかもその日は、二、三ヶ月後に迫っている。

それまでに磐石のものに仕上げておかなければと、家康は城内をくまなく歩きまわって、普請や作事の指示をしている。

この日も、松平康忠をつれて古城の玄黙口（元目口）の外に立っていた。

「おそらく信玄は軍勢を東海道と二俣街道に分け、ここから攻めかかって来る」

それを防ぐために高さ三間（約五・四メートル）ほどの高石垣で枡形を作り、石垣の上には狭間を空けた塀をめぐらして銃撃できるようにしている。

外堀の真ん中に中土手を走らせて二重にしたのは、堀を渡ろうとする敵を中土手から攻撃するためである。

万一敵が中土手に攻め上がっても、城中から鉄砲を撃ちかければ討ち取ることができるのだった。

古城の南東には明光寺口という搦手門がある。だがこちらは深い谷と崖があるので、敵に攻められるおそれはなかった。

その門の南側に二の丸の曲輪がある。

高台の高低差を生かし、高さ三間ばかりの切岸にしているが、曲輪の周りには柵をめぐらしているばかりだった。

「ここは柵の外側に板壁を立てよと申し付けたはずだ」

家康は指図通りに作られていないと不満をもらした。

「板の手配が間に合わず、まだ到着していないのでございます」

「ならば民家の戸板を買い上げて代用せよ。古城に攻め入った敵に、城内の様子を見られてはならぬ」

それに二重の塀にしておけば、敵が板壁に取りついても内側から防げるし、塀ごと切り落として転落させることもできる。

「兵法は詭道なりだ。謀をめぐらして敵の意表をついた者が勝つ」

家康がこれほど気を張り詰めているのは、武田が相模の北条と同盟し、遠江、三河攻めに全力をそそいでくることが分かっていたからだった。

原因は家康にあった。

四年前に家康と信玄は、駿河と遠江を分け合う約束で今川氏真への攻撃を開始した。そこで信玄は駿府を占領し、家康は掛川城に逃れた氏真を攻めた。

ところが家康は氏真とひそかに和議を結んで北条家に引き渡したばかりか、北条、上杉にも手を回して信玄を討ち取ろうとした。

これを察した信玄はあわてて甲府に兵を返し、駿河を維持することさえ危うい立場に追い込まれた。

信玄はこの劣勢を挽回するために翌年の十二月に再び駿府まで兵を進め、隙あらば遠江に侵攻しようという構えを取った。

追い詰められた家康は、姉川の戦いの後に上杉謙信と同盟して信玄と断交した。

元亀元年（一五七〇）十月八日に謙信に送った起請文の中で、家康は次のように記している。

〈一、信玄へ手切れ、家康深く存じ詰め候間、少しも表裏打ち抜け、相違の儀ある間敷候こと〉

信玄と断交したのはよくよく考えてのことだから、上杉との盟約にそむくことは絶対にないと誓ったのである。

第一条以上に衝撃的なのは第二条である。

〈一、信長、輝虎（謙信）御入魂候ように、涯分意見さるべく候。甲・尾縁談の儀も、事切れ候ように諷諫さるべく候こと〉

信長は嫡男信忠と信玄の娘との縁談を取り決め、両者の関係を強化しようとしていた。ところが家康はこれを妨害し、信長と謙信の関係強化のために働くと約束した。

諷諫とは遠まわしにいさめるという意味で、信長と信玄の仲を裂き、謙信、家康の側に引き入れるということである。

これを察した信玄は、元亀二年（一五七一）十月三日に北条氏康が他界した後、娘婿である北条氏政と同盟した。

しかも信玄と信長の同盟は今もつづいているのだから、家康は一歩間違えれば武田、北条軍に東から、織田軍に西から攻められる危うい立場に立たされている。

こうする以外に次の飛躍はないと覚悟して選んだ道だが、実際に武田との決戦が間近に迫ると、緊張と重圧に押しつぶされそうだ。

七月下旬になって、家康は酒井忠次、石川数正、鳥居元忠を富士見櫓の茶会に招いた。

本丸の一角にきずいた三層の櫓で、遠くに富士山をのぞむことができるので、この名を付けたのだった。

いつものように松平康忠が点前をつとめ、他の四人は畳の上に国の絵図を広げて作戦会議をおこなった。

「数正、松平郷の普請は進んでおるか」

「ここまでの普請が終わり、作事にかかっております」

数正が南北につらなる尾根を指した。

奥三河から岡崎城に攻めてくる武田勢を防ぐために、家康は松平郷の西に長大な山城をきずかせていた。

「忠次、野田城は」

「ご安心下され。豊川の岸を掘り切って、大空堀をきずき申した。武田勢が攻め寄せても、堀をこえることはできません」

吉田城主の忠次は、長篠方面から豊川ぞいに攻め下ってくる敵にそなえていた。

「元忠、二俣城は」

「中根正照どの、青木貞治どのが、昼夜を問わず普請にかかっておられ申す。ここに鉄砲隊を配すれば、数万の敵といえども二、三ヶ月は持ちこたえることができまする」

二俣城は信濃から天竜川ぞいに攻めて来る敵を防ぐ役割をになっている。元忠はここの強化を担当していた。

「殿、見付城（磐田市）の整備はいかがでございましょうか」

忠次がたずねた。

「城の南にもうひとつ曲輪をもうけた。大見寺の敷地のまわりに堀をめぐらし、水を引き込めるようにしている」

見付城は東海道の見付宿の北方に位置している平城である。

今のままでは武田の大軍を防ぐには不充分なので、南側にもうひとつの曲輪をきずいて備えを固めたのだった。

信玄は二万余の本隊をひきいて東海道から西進し、山県昌景、秋山虎繁らの別動隊五千余は、青崩峠をこえて天竜川ぞいに攻め下ってくるだろう。

しかも侵攻する前に、北遠江や奥三河の国衆を身方に引き入れ、岡崎城や吉田城を攻撃させるはずである。

家康はこれに備えて、松平郷、野田城、二俣城、見付城の守りを強化して領国防衛にあたることにしていた。

「奥平定能や菅沼定忠には、八朔の祝いに浜松城に来るように申し付けてある」

山家三方衆と呼ばれる彼らの動向を見極めるために、家康は八月一日の八朔の祝いに招いている。

だが、参加の返事をよこしたのは、野田城の菅沼定盈だけだった。

七月末になっても、三方衆からは何の連絡もなかった。

これでは定盈一人に足労させることになるので、家康は暗澹たる思いで八朔の祝いを中止にした。

その数日後、甲斐に侵入していた服部半蔵がもどってきた。

「殿、少しおやせになられましたな」

半蔵は冗談めかして言ったが、内心家康の身を案じているのだった。

「そんな気遣いをしてくれるのは、そちだけだ。甲府で何か動きがあったようだな」

「犬居城の天野景貫、作手城の奥平定能、田峯城、長篠城の菅沼定忠が、武田に使者をつかわしました。調略に応じたものと思われます」

「やはり、そうか」

「信玄公はすでに、配下の将兵に出陣の仕度を命じておられます。稲刈りが終わるのを待ち、十月初めには兵を動かされるでしょう」

「いかほどじゃ、人数は」

「およそ二万五千。これに北条からの援軍が加わり、三万ちかくになるものと存じます」

「北条も加勢するか」

「同盟の証として、駿河の留守を守る役目をつとめるようでございます」

これに対して家康は一万五千ほどの軍勢しか持たない。そのうち遠州の守りに投入できるのは八千ほどだから、太刀打ちするのは難しい。

その不利をおぎなうために、信長に書状を送って救援の要請をすることにした。

使いは石川数正に申し付けた。

「援軍を送ってもらえるかどうかに、当家の命運がかかっている。その意味が分かっておろうな」

「織田と武田を手切れさせるためには、どうしても援軍を出してもらう必要がある、ということでございますな」

切れ者の数正は、何も言わなくても家康の計略を察している。必ず役目をはたしてくると、自信あり気に出かけていった。

信長が四方を敵に囲まれて苦境におちいっていることは、家康も承知していた。

二年前に姉川の戦いに勝利したものの、浅井長政は小谷城に立てこもり、朝倉義景は越前に勢力を温存している。

しかも戦いの二ヶ月後には、大坂方面で思いもかけない敵が現れた。

その狼煙を上げたのは、またしても三好三人衆だった。

彼らは四国から兵を呼び集め、元亀元年（一五七〇）八月二十五日に摂津の野田、福島で挙兵した。

信長はこれを討つために将軍義昭をともなって出陣したが、信長勢が三人衆に攻めかろうとした時をねらいすまし、大坂本願寺が反信長の兵をあげた。

これが九月十二日。

雑賀の鉄砲衆三千余を動員した猛烈な攻撃に、信長勢は反撃の態勢さえ取ることができずに敗走した。

するとその八日後、一向一揆を合わせて総勢三万にふくれ上がった浅井、朝倉勢が近江の宇佐山城を攻め、信長の弟信治と森蘭丸の父可成を敗死させた。

急を聞いた信長は、九月二十三日に近江の坂本に出陣して決戦をいどもうとしたが、浅井、朝倉勢は比叡山に逃げ上がって長期戦に持ち込む構えを取ったのだった。

先にも記した通り、これは決して偶然に起こったことではない。

天下を統一し、商業、流通まで一手に掌握しようとする信長の政策に、既得権を持っていた大坂本願寺や比叡山延暦寺が反発し、浅井、朝倉に身方することで信長をつぶしにかかったのである。

俗に言う信長包囲網だが、これを仕掛けたのは将軍義昭ではない。

なぜならこの頃義昭は信長と行動を共にしており、大坂本願寺が挙兵した時には摂津の中之島から命からがら都に逃げ帰っているので、そんな計略をめぐらすのは不可能である。

では、いったい誰がこんな芸当を成しとげたのか？

その謎を解き明かす文書が、薩摩島津家の「家わけ文書」に収録されている。

当時大坂本願寺に潜伏していた元の関白近衛前久が、島津貴久にあてた元亀元年（一五七〇）八月十日付の書状で、次のような重大な内容が記されている。

〈はやばや帰洛せしむべきの由、再三申し越し候といえども、いったん面目を失い候間、今に至りては覚悟に及ばざる由、申し放し候。しかれば江州南北、越州、四国衆ことごとく一味せしめ候て、近日拙身も出張せしめ候。すなわち本意を遂ぐべく候〉

朝廷と幕府から早く帰洛してくれと再三申し入れがあったが、いったん面目を失った上は応じるつもりはないと突き放した。

この上は江州南北の浅井、六角、越州の朝倉、四国の三好三人衆を糾合し、近日自分も出陣して信長打倒の本意を遂げるつもりである。

そう宣言しているのだ。

前久は五摂家筆頭の近衛家の当主で、わずか十九歳で関白に任じられた傑物である。長尾景虎（上杉謙信）と血判誓紙を交わして越後に下向し、景虎に同行して小田原城の北条氏を攻めた行動派でもある。

また十三代将軍義輝、十五代義昭兄弟とは従弟にあたり、幕府に対する発言力もある。

しかも本願寺法主の顕如とも親しく、顕如の子の教如を猶子（名目上の養子）にしている。

そうした多彩な人脈、後に信長でさえ惚れ込んだほどの力量の持ち主だからこそ、「すなわち本意を遂ぐべく候」と、自信を持って言い切ることができたのだった。

大坂本願寺、比叡山延暦寺の参入によって勢いづいた浅井、朝倉は、比叡山に陣取って坂本の信長勢とにらみ合いをつづけた。

十月早々に家康も五千の兵をひきいて信長の加勢に駆けつけたが、敵は山上から動こうとしないので、なす術もなく日を送るばかりだった。

そして十一月二十一日、本願寺の指令を受けて伊勢長島で一向一揆が蜂起した。尾張の小木江城（愛西市）に攻め寄せ、信長の弟信興を討ち取ったのである。

絶体絶命の窮地におちいった信長は、正親町天皇に働きかけて和議の勅命を出してもらった。

その上で将軍義昭を立会人として浅井、朝倉と和議を結び、かろうじて虎口を脱した。

この時、北近江は浅井、南近江は六角に返す約束をし、琵琶湖水運における延暦寺の特権も認めたが、端からこんな約束を守るつもりはない。

岐阜にもどって態勢を立て直した信長は、翌元亀二年（一五七一）九月十二日に比叡山を焼き打ちし、僧俗男女三千余人をなで斬りにしたのである。

この焼き打ちによって、信長は浅井、朝倉と大坂本願寺の連絡ルートを遮断することに成功したが、あまりに残虐なやり方は世論の反発を招く原因になった。

信玄も信長の行動を「天魔の所業」と批判し、対決姿勢を強めていく。そして信長包囲網に接近し、将軍義昭を身方に引き込む工作を開始する。

義昭の要請によって信長包囲網に加わったのではなく、信長に対する戦略を有利に進めるために、義昭と信長を離反させる策に出たのである。

こんな厳しい争いの狭間に、若き徳川家康は立っている。

そして信長との同盟を頼りに信玄と雌雄を決する決断をしたわけだが、最大の不安は信長が西の敵にそなえるために、東の信玄と手を組むことだった。

そうなれば信長は、信玄に遠江を引き渡すくらいの譲歩をするだろう。

家康がこれに抗議したところで、天下布武（ふぶ）しか眼中にない信長は一顧だにしないにちがいない。

これを防ぐには信玄との対決姿勢を明確にし、信玄を採るかこの家康を採るか、捨て身になって信長に決断を迫らなければならない。

家康が上杉と同盟を結んで信玄と信長の仲を裂くと約束したのも、信玄の侵攻にそなえて信長に援軍を求めたのも、そう考えたからだった。

秋も深まり遠州北部の山々が紅葉につつまれた頃、服部半蔵が甲州の状況を伝えに来た。

「信玄公が陣触れをなされました。大手、搦手の軍勢ともに、十月三日に甲府を出陣されるとのことでございます」

「大手の先陣は」

「馬場信春（のぶはる）どの、小山田（おやまだ）信茂（のぶしげ）どのですが、遠州攻めの一番手は、駿河におられる穴（あな）

山梅雪どのがつとめられるようでございます」

「あの小男か」

家康は三年前に信玄の使者としてやって来た梅雪の、抜け目のない態度をよく覚えていた。

「搦手は山県昌景どの、秋山虎繁どのでございます。これに山家三方衆の奥平、菅沼が加わり、七千余の軍勢になるものと思われます」

このたびは半年の軍役になるので、その仕度をして出陣せよ。信玄はそう触れ、足軽、雑兵に金十両（約八十万円）の出陣手当を支給したという。

「信玄め、来るなら来い」

家康は一歩も引かぬ覚悟だが、胃がしぼり上げられるように痛み、吐き気がする。緊張と重圧に、体が悲鳴を上げているのだった。

信玄の行動は迅速だった。

十月三日に甲府を出陣すると、富士川ぞいを下って東海道に入り、駿府をへて田中城（藤枝市）に着いた。

そのまま東海道を西に進むと思いきや、海岸ぞいの道をたどって大井川をこえ、十月二十一日には小笠原氏助が守る高天神城を降伏させた。

この日信玄は、山家三方衆の奥平貞勝（定能の父）にあてて次のような文を書いている。

〈当城主小笠原悃望候間、明日国中へ陣を進め、五日の内に天竜川を越え浜松に向かい出馬し、三ヶ年の鬱憤を散らすべく候。なお、山県三郎兵衛尉申すべく候〉

高天神城の小笠原氏助が降伏を懇望したのでこれを許した。

明日には遠江の国中へ陣を進め、五日の内に天竜川をこえて浜松城を攻めて、三ヶ年の鬱憤を晴らすというのである。

「なお、山県三郎兵衛尉申すべく候」の一文も重要だ。

別動隊をひきいて青崩峠から奥三河に侵攻した山県昌景らが、この頃奥平氏の作手城にいたことが確認できるからである。

その後、山県と秋山虎繁がひきいる別動隊は長篠城に入り、徳川方となっていた野田城の菅沼定盈を攻める。

ところが豊川の岸を掘り切った大空堀にはばまれて攻略をあきらめ、徳川方となっていた井伊谷城を攻め落としてから、信玄本隊と合流するために二俣城へ向かうのである。

この時に当たり、女城主井伊直虎は井伊谷三人衆や重臣たちに、武田方に降伏せずに城も領地も捨てて浜松城の家康を頼り、再起を期すように命じたのだった。

そうした動きを、家康は浜松城でじっとうかがっていた。

信玄が三ヶ年の鬱憤を晴らすと触れていることは、各方面からの知らせで分かっていた。

信玄はこのまま東海道を西に進んで浜松城に攻め寄せるだろう。

山県昌景らの別動隊も、長篠城から井伊谷を抜け、三方ヶ原の台地を南下してくるにちがいない。

これに対抗するために、家康は三河の石川数正と吉田城（豊橋市）の酒井忠次にできるだけ多くの軍勢をひきいて浜松城に駆けつけるように命じている。

また信長にも救援の軍勢を送るように求め、浜松城に籠城して武田勢を迎え討つ作戦を立てていた。

三河や吉田城の守りが手薄になるのは不安だが、松平郷には長城、野田城には大空堀をきずいて敵の侵攻にそなえているので、二、三ヶ月は持ちこたえることができるだろう。

その間に浜松城を包囲した武田勢に痛撃を加え、撤退に追い込むことができれば、領国を守り抜くことも信長との同盟を強化することもできる。

家康は絵図を指でなぞりながら、練り上げた戦略に落ち度はないか確かめていた。

まずは敵を浜松城下まで誘い込まなければならない。

そのためには囮(おとり)の兵に攻めかからせ、敗走するふりをして相手の追撃を誘わなければならない。

そして武田勢が城の包囲にかかったなら、二俣城、見付城から兵を出して敵の背後を撹乱(かくらん)する。

また掛川城で兵力を温存している石川家成(いえなり)を見付城に移し、天竜川の東岸に布陣させて敵の退路を断つこともできる。

そうすれば勝機は充分にあると確信しているものの、どこかに思いがけない手落ちがあるような気がしてならなかった。

(落ち着け、落ち着け家康)

心の内で自分に言いきかせるが、信玄の存在感は圧倒的である。

しかも自分への復讐心に燃えていると思うと、凍えるような震えが体の底からわき上がってくるのだった。

（望むところだ。わしは負けぬ）

家康は頰を両手で叩き、気弱な自分に活を入れた。

十月二十六日、石川家成から急使が来た。

「武田勢は高天神城から久野城（袋井市）に向けて移動を開始いたしました。掛川城にも押さえの軍勢をさし向けるものと思われます」

久野城は東海道の北側に位置する平山城で、久野宗能が城主をつとめていた。

「敵が久野城攻めにかかったなら、どう動くべきか、ご指示をうけたまわりとう存じます」

「その時は我らも浜松城から後詰めに出るが、一戦におよんだ後に退却する。城を固く守って後日に備えるよう、家成に伝えてくれ」

使者に策をさずけて帰すと、家康は内藤信成、本多忠勝、大久保忠佐を呼んで出陣を命じた。

三人とも旗本先手役をになう強兵だった。

「武田勢が久野城攻めにかかる。その方らは一千余の手勢をひきい、三ヶ野台まで出て敵にそなえよ。わしが見付城に入るまでは、太田川をこえてはならぬ」

三ヶ野台は太田川の西にある高台で、久野城とは一里半（約六キロ）ほど離れている。ここに徳川の旗を立てて敵を牽制するのである。

「武田の本隊は二万五千と聞きました。殿が見付城に入られてからは、どのような戦になりましょうか」

忠勝が遠慮なくたずねた。

まだ二十五歳だが、姉川の戦いで朝倉勢を突き崩す働きをして以来、武将としての風格がそなわっていた。

「野戦になっては勝ち目がない。我らのねらいは敵に攻めかかり、あしらいながら浜松城まで退却することだ。そうして籠城戦に持ち込んで敵を釘付けにする」

三人は敵を誘い出すための囮だが、臆することなく手勢をひきいて出陣していった。

その日の夕方、吉田城の酒井忠次が使者をよこして状況を伝えた。

「石川数正どのが三河の兵二千五百をひきいて参られました。我らの手勢千五百とともに、明日の申の刻（午後四時）までに浜松城に入城いたします」

「でかした。わしは三千の兵をひきいて見付城に出向く。留守を頼むと、忠次に伝えてくれ」

翌朝未明、家康は鳥居元忠に一千の兵をさずけて城を守らせ、残りすべてをひきつれて天竜川を渡った。

いつものように金陀美具足をまとっていたが、兜だけはヤクの毛をあしらった唐の頭を用いていた。

あたりはまだ暗い。武田の物見にさとられないように、家康勢は旗を伏せ馬の口に枚をふくませ、見付城までの道を黙々と歩いた。

城は東海道の見付宿の北側にあった。

東に流れる今之浦川を天然の外堀とし、まわりよりわずかに高くなった丘陵地に城をきずき、幅三間（約五・四メートル）の水堀をめぐらしている。

以前は方形の曲輪がひとつあるだけだったが、家康は武田軍の侵攻にそなえて城の南にある大見寺の境内も曲輪にし、まわりの堀に水を入れて連郭式の城を作り上げた。

二つの城は土塀と水堀でへだてられているが、木の橋をかけて城兵の移動ができるようにしているので、防御力は格段に上がったのだった。

見付城に入ると本多忠真（ただざね）が出迎えた。

「殿、お目ざめはいかがでござる」

忠真は大柄で、荒武者らしい猛々（たけだけ）しいひげをたくわえている。

家康より十一歳上だった。

「あまり静かで鞍（くら）の上で居眠りしそうになったが、ここに着いて目がさめた」

「それは重畳（ちょうじょう）。三ヶ野台に布陣した忠勝らが、首を長くしてご下知（げじ）を待っております」

「武田の動きはどうだ」

「先陣の軍勢一万ばかりが、久野城と掛川城の包囲にかかっております」

久野城攻めの大将は穴山梅雪、掛川城は小山田信茂。

武田四天王の一人である馬場信春は、三千の兵をひきいて遊撃部隊を指揮しているという。

「信玄の本隊は」

「高天神城の近くで、兵を休めているようでござる」

高天神城から掛川城までは二里半（約十キロ）しか離れていない。

信玄が一万五千の本隊をひきいて掛川城に攻めかかったなら、三千たらずの城兵ではとても守りきれなかった。

「さっそく動く。早馬を立てて忠勝らにそう伝えよ」

この下知を忠真の使い番が三ヶ野台の将兵に告げた。

忠勝ら選りすぐりの騎馬武者たちは、太田川を渡って久野城を包囲している穴山梅雪の軍勢に攻めかかった。

梅雪らも向かいの陣を張って徳川勢にそなえていたが、忠勝らの強襲にあってあえなく逃げ散っていった。

忠勝らが敵を追って木原畷まで進んだ時、馬場信春の軍勢が砂煙を上げて襲いかかってきた。

穴山勢の敗走を見て、いち早く救援に動いたのである。

「いい頃合いじゃ。引け引け」

忠勝らは三倍もの敵とかかり合うことを避け、一散に退却を始めた。

敵は勢いづいて追ってくる。敗走した穴山勢も態勢を立て直し、馬場勢と一手となって攻めてくる。

「殿、敵は太田川をこえ、もうすぐ見付宿にさしかかります。忠勝め、わが甥ながら見事な逃げっぷりでござる」

忠真が物見櫓の上から声を張り上げた。

「皆の者、出陣じゃ。甲斐の田舎者に、我らの力を見せつけてやれ」

家康の号令一下、七隊に分けた三千の兵が、見付城の城門を開いて突撃していった。

忠勝らを追って長蛇の列になっていた武田勢は、真横からの攻撃を支えきれず、あえなく数ヶ所を分断された。

ところが家康勢が馬を返して再び攻めかかろうとすると、分断したはずの敵が素早く密集し、迎え討つ陣形を取っている。

鍛え抜かれた対応の速さは、これまで戦ったどの相手より見事だった。

家康は見付城の大手門の外で、五百余騎の馬廻り衆を従えて戦況を見つめていた。

作戦通りの展開なのに、敵を押し返すことができない。

陣形をくずして押し込んでいるのに、相手にがっしりと受け止められ、騎馬も歩兵も押され気味になっていた。

将兵の体格でも装備でも互角以上だが、武田勢は鋼(はがね)が通ったような強靭(きようじん)な足腰をして、力が強い上に踏み込みが鋭い。

それを生かして体当たりに来られると、家康勢は二、三歩後ろに押し込まれる。

(武田の強さの秘密は、これか)

さすがに信玄が生涯をかけて育て上げただけのことはある。

このまま戦が長引いたならますます押し込まれ、退却の余裕を失うにちがいなかった。

「忠真、敵の後方に回って鉄砲を撃ちかけよ。その後は見付城にこもって守りを固めよ。我らは敵がひるんだところに突撃し、退却の殿軍(しんがり)をつとめる」

家康は矢継ぎ早に指示をした。

忠真が二百ばかりの鉄砲隊をひきつれ、白兵戦を演じている武田勢の後陣に向かって銃撃をあびせた。

いきなり鉄砲を撃ちかけられた武田の後陣は、次の銃撃をさけようと五町（約五百五十メートル）ばかり敗走した。

　これを裏崩れと呼ぶ。

　後方の身方が敗走するのを見た武田の第一陣は浮き足立ち、とたんに前方への出足が鈍くなった。

「今だ、かかれ」

　家康は五百余騎をひきいて突撃し、敵を見付宿のあたりまで敗走させ、身方の歩兵が退却するのを見届けてから馬を返した。

　これで馬場信春は追撃を諦めたらしい。

　浜松城下まで誘い込む計略は失敗したが、武田勢の強さに押され気味になっていただけに、ほっとした気持ちのほうが大きかった。

　家康は天竜川までもどって兵をまとめようと先を急いだが、一言坂の下にさしかかった時、突然頭上で法螺貝が鳴りひびいた。

　それを合図に騎馬隊の一団が坂の上に現れ、武田菱の旗をなびかせながら家康らに襲いかかった。

　その数は三百、いや五百騎はいる。

家康がここを通ると見越し、敵の先陣部隊が坂の上で待ち伏せていたのだった。

「散れ散れ、迎え討ってはならぬ」

家康は松風の手綱をゆるめ、駆けるだけ駆けろと鐙を蹴った。

松風は素早く反応し、後ろ足をぐっとたわめて一散に西に向かって駆け出した。

完全に敵の術中にはまったのである。

ここで戦っても犠牲が大きくなるばかりなので、馬の足を頼りに逃げるしかなかった。

馬廻りの者たちは、家康に従う者、南に逃れる者、南西へ走る者などに分かれ、忠実に命令に従っている。

ところがその最中に、西の方から百騎ばかりが地響きを上げて駆け寄ってきた。

「殿、後は我らにお任せ下され」

鹿の角の兜をかぶった本多平八郎忠勝が、そう叫びざま駆け抜けていった。

「内藤どのがこの先で、兵をまとめて待っておられますぞ」

大久保忠佐がにこりと笑いかけ、忠勝に遅れじと駆けていった。

二人がひきいる騎馬隊は、追撃してくる敵の真っただ中に馬を乗り入れ、そのまま切り割って後ろに突き抜けた。

死を覚悟した体当たり突撃に、相手が怖気をふるって道をあけたのである。

この時武田勢をひきいていたのは、信玄の近習をつとめる小杉左近だった。左近は忠勝の勇猛さを愛で、次の一首を残したという。

家康に過ぎたるものが二つあり
唐の頭に本多平八

家康は内藤信成の手勢と合流し、天竜川の東岸に旗を立てて散り散りになった家臣たちの参集を待った。

帰らぬ者が七人、手負いが二十数人いる。家康は負傷した者たちから先に川を渡し、自ら殿軍をつとめて浜松城に引き上げた。

みじめな敗北である。

どうしてこんなことになったのかと、悔しさのあまり鞍の前輪を何度も叩いたが、玄黙口まで来ると無事に帰れたことにほっと気がゆるんだ。

その瞬間、体の底から恐怖がわき上がってきた。全身が鳥肌立ち、体の芯が小刻みに震えて歯の根が合わなかった。

（馬鹿な。これしきのことで）

臆したか家康と自分を叱りつけたが、震えはいっこうに止まらない。武田軍の脅威を体は正直に受け止め、家康の意志をはなれて恐怖を訴えているのだった。

「殿、大事ござらぬか」

城中から鳥居元忠が駆け出してきた。

「ああ、何でもない」

「お顔の色が、紙のように白うござるぞ」

「戦場の水に洗われ、男ぶりが上がったのであろう」

強がりを言ったとたん、ぶるりとひとつ胴震いをした。鎧の袖や草摺が音をたてるほどだった。

「殿……」

元忠はすべてを悟り、悲しげな目をして口ごもった。

古城には元忠配下の鉄砲隊が、追撃してくる敵にそなえて出撃の態勢をととのえている。長槍部隊も待機していた。

その間を二の丸まで進むと、酒井忠次と石川数正が引きつれてきた軍勢が小屋掛けをしていた。

籠城戦にそなえて寝泊まりする場所を確保しなければならなかった。

「殿、武田勢の手応えはいかがでございましたか」

忠次は敗戦と知りながら、わざと呑気そうに構えていた。

「久野城と掛川城を攻めたのは、我らをおびき出すためだったかもしれぬ」

「何ゆえそう思われまするか」

「馬場信春の軍勢を遊軍にしていた。城を落とすつもりなら、馬場勢に攻めさせたはずだ。敵が追撃してきたので見付城で待ち伏せて分断したが、先頭の者たちはそのまま一言坂に駆け上がり、我らが退却するのを待って奇襲をかけてきた」

家康はようやくそう考えるだけの冷静さを取りもどした。

忠次のいつもと変わらない顔を見ているうちに、不思議と体の震えも止まっていた。

「こちらの計略を、信玄どのに察知されたのでしょうか」

「そうかもしれぬ。百戦錬磨の方ゆえ、我らの手の内を読んでおられたのであろう」

「そうとも限りませぬぞ」

いつの間にか石川数正が側に来ていた。

「それは、どういう意味だ」

数正の賢しげな物言いが、疲れはてた家康の癇にさわった。

「武田は浜松城下に忍びを送り込み、こちらの動きを探っていたのかもしれませぬ。そうでなければ高天神城下にいる信玄公に、こちらの計略を見破れるはずがありますまい」

「敵に通じている者が、城中にいると申すか」

「城の普請や飯炊きに雇った者の中に、そうした者がまぎれ込んでいるかもしれませぬ」

「数正、控えよ」

忠次が気遣って止めようとしたが、数正は信じたままを直言するのが役目とばかりに言いつのった。

「出陣に際して、殿は長槍部隊を残していかれた。退却の足手まといになると思われたのでござろうが、敵の忍びがこれを見たなら、籠城戦に持ち込もうとしていると察するはずでござる」

「なるほど、さようか」

家康は胸元までせり上がる怒りを抑え、よく言ってくれたと数正の肩を叩いた。

家康は本丸御殿で鎧をぬぎ、側の者に酒を運ぶように申し付けた。体の中に澱のようにたまった怒りや恐怖や苛立ちを酒で洗い流したかった。

「お待たせをいたしました」

紅葉色の打掛けをまとった侍女が、酒肴を運んできた。

「お万……、お万ではないか」

顔を上げなくても、家康にはそれと分かった。

そして急に心が軽くなった。

「戦が近いと聞いて、お許しも得ずに推参いたしました」

「母上のお申し付けか」

「いいえ。わたくしの一存で参りましたが、ご迷惑でしょうか」

お万は艶(つや)やかさを増した顔に含み笑いを浮かべ、家康を真っすぐに見つめた。

「武田勢にやられて逃げ帰ったところだ。そちがいてくれたお陰で、気が晴れた」

「お役に立てて嬉(うれ)しゅうございます。ふつつか者でございますが、何なりとお申し付け下されませ」

「岡崎城の様子はどうだ」

「城には四千ちかくの軍勢が詰めております。平岩親吉(ちかよし)さまが中心となって、奥三河からの敵の侵攻にそなえておられます」

「信康(のぶやす)や瀬名(せな)は」

「若殿は平岩さまとともに城中、城下を見回り、将兵をはげましておられます。奥方さまは持仏堂にお通いになり、御仏のご加護を祈っておられます」

瀬名の敬虔(けいけん)な信仰ぶりは評判になるほどで、入城に反対していた於大(おだい)の方(かた)も近頃では一目置いているという。

「母上がそうおおせられたか」

「お口にはなされませんが、この間は奥方さまとともに持仏堂に参拝なされました。

すると多くの侍女たちが従い、それからは毎朝皆で持仏堂詣でをなされるようになりました」

「そうか。それは嬉しい限りじゃ」

於大の方と瀬名の不仲は、家康にとって長年の気がかりである。

それが解消しつつあるとは、嬉しい知らせだった。

「今日は疲れた。横になるゆえ、夜具の仕度をしてくれ」

「武田の軍勢は、それほど手強いのでございますか」

「忠次に剣術の手ほどきを受けていた頃、何度打ち込んでもやすやすと押し返された。久々にあの時の感じを思い出した」

身も心も疲れはてている。家康は横になるなり眠りに落ちた。

だが神経ばかりは敗戦の恐怖と悔しさに高ぶっている。そのせいか不吉な夢にうなされていた――。

駿府で人質になっていた九歳か十歳の頃である。

家康は偶然、今川義元の使者が忠次たちに命令を伝えているのを立ち聞きした。

岡崎城の松平勢は、今川を裏切って織田方についた。よって家康を磔にするので、今すぐ当人を差し出せというのである。

いつかこんな日が来るかもしれないとは、人質に出された時から覚悟していた。だが今日がその日になろうとは、想像さえしていなかった。

（どうしよう）

家康は茫然と立ちすくみ、逃げようと思った。

岡崎城が今川を裏切ったのなら、自分がここにいる必要はない。見せしめのために殺されるくらいなら、ここから逃げて岡崎へ向かおう。

そう決心し、屋敷の裏門から外に出ようとした。

ところがすでに今川の兵がすべての門を固めていた。しかも家康が逃げ出したことを察知し、鎧を着込んだ兵たちが屋敷に土足で上がり込んで行方を捜していた。

家康はその目をかいくぐって脱出口をさがしたが、どこにも逃げ場はない。しかも兵たちは四方から包囲の輪をちぢめてくる。

家康は不安と恐ろしさに動転しながら台所に逃げ込み、水を汲みおくための大きな瓶に隠れることにした。

幸い水は腰までの深さしか入っておらず、ふたもついている。瓶の中に身をかがめ、内側からふたをしてじっと息を殺した。

真冬のことで手足は凍りつくように冷たいが、だからこそこんな所に隠れていると思う者はいないだろうと考えたのだった。

やがて二十人ばかりの兵が台所にやってきて、戸棚を開けたり穴蔵のふたを取ったりして家康を捜しはじめた。

その気配が次第に近付いてくる。

水瓶の中に家康がいると知っていながら、わざと気付かないふりをしていたぶっているようである。

(ああ、おばばさま)

助けて下されと震える手でふたを下から押さえていると、源応院(げんおういん)が目の前に現れた。

(もう大丈夫。ここに隠れなされ)

そう言って胸を開いた。

家康は巨大な乳房の間に飛び、それでも安心できなくて奥へ進もうと身をよじった――。

　おばばさまの体は温かく、乳房は柔らかい。

　その心地いい安堵感に包まれ、家康ははっと目をさました。

　顔を乳房の間にうずめている。添い寝してくれたお万の胸に、いつの間にかしがみついていたのだった。

「うなされておられましたが、大事ございませぬか」

　お万は慈愛にみちたまなざしを向けている。声がおばばさまにそっくりだった。

「すまぬ。妙な夢を見ていた」

「いいのです。源応院さまの代わりはできませぬが」

「もう朝か。それとも夕方か」

　明かり障子がほんのりと明るい。だが早くに寝たために何刻か見失っていた。

「明け方でございます」

「さようか。ならばもう少し」

　胸を借りようと、家康は乳房の間に顔をうずめた。

　こうしていると気持ちが落ち着き、素直に自分と向き合うことができた。

「どんな夢をご覧になったのですか」

「敵に追われて逃げ場を失っていた。その時おばばさまが現れ、乳房の間に隠して下されたのだ」

「そうですか。おばばさまは今も家康さまを守っておられるのですね」

「昨日負け戦をしたから、こんな夢にうなされたのだ。子供の頃と同じように、わしは今でも臆病者だ」

「それはきっとお優しいからです。しかしその優しさが、強さを生むのではありませんか」

「そうかもしれぬが、こたびの敵は武田信玄ばかりではない。計略を一歩あやまれば、信長どのを敵に回すことになりかねぬのだ」

家康はおばばさまに聞いてもらうつもりで、武田と織田を離間させようとしていることを打ち明けた。

そして話しているうちに、自分が本当に恐れているのは信玄ではなく信長だと気付いた。

もし信長がこの計略に気付いたなら、即座に家康の首をはね、信玄との関係を修復しようとするだろう。

だからといって信玄側に寝返る道は閉ざされているのだから、失敗は絶対に許されないのである。

「その重圧が、わしをこのように恐れさせているのかもしれぬ」

「わたくしにも、その重荷を分けて下されませ。戦の間この城にいて、身の回りのお世話をさせていただきとう存じます」

「気持ちは有り難いが、家臣たちの手前もある」

みんな不自由に耐えているのだから、自分だけが楽をすることはできない。家康は律義にそう考えていた。

「ご懸念は無用です。酒井忠次さまにお願いして、侍女頭にしていただきました。皆様のために働かせていただきます」

だからゆっくりと休んで下されませと、お万は家康の背中をそっとなでた。

敗戦の翌日から、家康は籠城仕度の点検にかかった。

もっとも重要なのは鉄砲、弾薬、弓矢のそなえである。城中には八百挺(ちょう)の鉄砲と一万五千発分の弾薬、千張の弓と一万本の矢の用意がある。

だが武田軍三万二千人と戦うには不足している気がした。

「弾薬があと五千発分は欲しいが、何とかならぬか」

鉄砲隊を預かる鳥居元忠にたずねた。

「一向宗の寺から仕入れることができますが、いつもの三倍の値でなければ売らぬと申しております」

「人の足元を見おって。せめて二倍にしてもらえぬか」

「無理でございましょう。武田は四倍でも買うと、自慢げに申しておりましたゆえ」

気性の真っ直ぐな元忠が、我慢がならぬと言いたげに吐き捨てた。

今は泉州堺まで弾薬を仕入れに行く余裕はない。手近で買えるのは、三河や遠江の一向宗の寺だけだった。

薩摩や土佐、紀州の一向一揆の中には海運業者が多く、種子島や琉球、南蛮まで船を出して弾薬を買い付けている。

それを大坂本願寺や紀州雑賀、伊勢長島などに回しているので、一向一揆はあれほど多くの鉄砲隊を組織することができるのである。

しかも雑賀の一揆衆は紀伊半島を船で回って伊勢長島に弾薬を運び、一向宗の寺を介して東国の大名に売りつけている。

その最大の得意先が、甲州金でうるおっている武田家である。

駿河を併合した後、信玄が急速に大坂本願寺や一向一揆に接近している理由はそこにあった。

幸い家康は信長の許しを得て、堺の納屋衆（なやしゅう）と直接取り引きをしている。

そのためこれまでは一向一揆の販路をつぶしにかかっていたが、今は彼らに頼るしかないのだった。

「二倍の値で売るなら、今後守護不入（しゅごふにゅう）の特権を認める。その条件で交渉してくれ」

家康はそう申し付けた。

信長が一向一揆を目の仇（かたき）にしているのは、経済、流通を統制しようとする政策に、彼らが真っ向から刃向かっているからである。

弾薬を買いつけるためとはいえ、一向宗の寺の特権を認めては信長の方針に背（そむ）くことになるが、領国を守れるかどうかの瀬戸際なので背に腹はかえられなかった。

長い籠城戦を耐え抜くには、兵糧や飲用水を確保しておく必要がある。これから厳寒の冬に向かうので、薪や防寒着も用意しておかなければならない。

負傷した者たちを手当てする金創医や薬、戦死した者たちを供養する僧侶の手配もしなければならなかった。

それと合わせて、家康は城の西側の曲輪と城門の整備を急がせた。

ここを出ればそのまま三方ヶ原台地に上がることができ、城を包囲した敵の背後に回って奇襲をかけることができる。

五町（約五百五十メートル）ほど北には犀ヶ崖があって天然の堀をなしているし、万一の時には脱出路として使うこともできた。

敵が侵攻して来る前にと、家康は気忙しく仕事をこなしていたが、五日たっても武田勢は天竜川をこえようとしなかった。

「敵は久野城、見付城を包囲したものの、攻めかかろうとはいたしません」

服部半蔵の配下がそう告げた。

信玄も久野城の北西に位置する可睡斎（袋井市）の本坊にとどまったまま、動こうとしないという。

（次は何を企んでおる。どんな策を弄するつもりだ）

家康は遠州の絵図をにらみ、信玄の次の一手を見破ろうとしたが、こんな所に軍勢をとどめておく理由があるとは思えなかった。

囲碁や将棋なら悪手と言うべき滞陣である。

だが相手が信玄だけに、自分には想像することもできない妙手があるのではないかと、気が気ではなかった。

「武田勢は見付から匂坂に向かいました。二俣城を攻めるようでございます」

その報告が入ったのは十一月五日のことである。信玄は浜松城を攻めずに、まわりの城を攻め落として裸城にする策を取るようだった。

十一月十日には、服部半蔵が自ら状況を知らせにやって来た。

「信玄公は二俣城の近くの合代島に付け城をきずき、軍勢をとどめておられます」

「なぜすぐに城攻めにかからぬ」

「長篠城の山県、秋山勢にも、参集するように命じられたようでございます。あるいは二俣城を攻め落とす構えを取って、殿の後詰めを誘う策かもしれません」

「後詰め決戦か」

敵の主要な城を包囲し、大将が後詰めに出てくるのを待って叩く戦法を後詰め決戦と呼ぶ。姉川の戦いの時、信長が横山城を包囲して浅井、朝倉軍を誘い出したやり方である。

「それと気になる噂(うわさ)を耳にいたしました。定かではございませぬが」

「構わぬ。申せ」

「信玄公は高天神城を出てから、ずっと四方輿(しほうごし)を使っておられます。これはご病気のせいではないかと、陣中で噂する者がおります」

「馬にも乗れぬということか」

「それは分かりませぬが、今までこのようなことはなかったそうでございます」

「それが事実なら、こちらにも出方がある。早急に真偽を確かめてくれ」

家康は銀の小粒を入れた革袋を渡し、探索の人数を増やすように申し付けた。

季節はすでに真冬で、遠州一帯は浜名湖(はまなこ)の西の山地から吹き下ろす風がきつい。

信玄が本当に病気だとしたら、この冷え込みは体にこたえるはずで、可睡斎にしばらく滞在したのもうなずける。

だがこの情報さえ家康方を攪乱するために流した虚報かもしれないので、うかつに信用することはできなかった。

（信長どのの援軍が来たなら、後詰め決戦に応じよう）

　家康はそう腹をすえた。

　今回の計略の最大の目的は、徳川、織田の連合軍で武田と戦い、織田と武田の同盟の可能性を断ち切ることである。

　その既成事実さえ作れば、たとえ緒戦（しょせん）で負けても逆転できる見込みは充分にある。

　そう狙（ねら）う家康にとって、天竜川をはさんで武田勢と対峙（たいじ）するのはもっとも危険の少ない戦い方だった。

　だが肝心の織田の援軍が、いまだに到着していない。

　家康は催促の使者を三度も岐阜に走らせたが、信長は返答の使者さえよこさなかった。

（かくなる上は……）

　窮状を訴える書状を送るしかない。家康は覚悟を定めて筆を取った。

「急ぎ一筆したため参らせ候」

　そう書きつけたが、頭の整理ができていないせいか後がつづかない。

そこで下書きに思うさまを書き、自分の心底を見極めることにした。

「とり急ぎ当方の状況をお知らせ申し上げます。先にもお伝えした通り、武田信玄は十月二十一日に高天神城を攻略し、掛川城、久野城に攻め寄せて参りました。そこで我らは見付城まで出て迎え討とうとしましたが、三万近い軍勢に太刀打ちできず、一言坂の戦いに打ち負けて浜松城に退却いたしました。敵が天竜川をこえて攻め寄せてきたなら目に物見せてくれようと備えを固くしていたところ、信玄は見付から合代島に向かい、二俣城攻めにかかっております。ここに本陣をすえて我らが後詰めに出るのを待つつもりらしく、長篠城方面に向かわせていた山県昌景、秋山虎繁の別動隊一万余を二俣城に呼び寄せております」

家康は窮状の深刻さを訴えようと、武田勢の人数を多めに書き記した。

「これに対して我らは浜松城に七千、二俣城に一千、見付城に千五百、久野城に五百、掛川城に二千の軍勢を配し、武田との決戦にそなえております。二俣城は小さな構えですが、西に天竜川、東に二俣川が流れ、断崖絶壁にかこまれた天然の要害です。まわりには大堀をめぐらして川の水を引き入れておりますので、一月や二月の籠城戦には耐えられましょう。その間に尾張から五千ばかりの援軍を送っていただけば、長の滞陣に疲れた武田勢を打ち破ることはたやすいものと、首を長くしてご尊旗の到着を待っておりました。ところがいまだに到着はなく、どのようなお考えがあってのことだろうと、我ら一同ご真意をはかりかねているところでございます」

信長が援軍を送らない理由は分かっている。

西と東から挟み撃ちにされることを避けるために、信玄と和議を結ぶ道をさぐっているのだ。

そのためなら家康を犠牲にして、遠江一国を信玄に引き渡してもいいとさえ考えているはずである。

その方針を何としてでもくつがえそうと、家康は筆を握る手に力を込めた。

「思えば六つの歳にお目にかかって以来、それがしの人生は信長さまと共にあったような気がしております。初めて熱田の屋敷でお目にかかった時以来、時々手みやげを持って訪ねて下さるようになりました。それがしが欲しがっている物に気付き、わざわざ買い求めてご持参いただいたこともありました。その時の驚きと喜びは今も鮮やかに覚えております。八つの頃に今川家の人質となってからも、信長さまの尾張でのご活躍とご成長ぶりが心の支えになっておりました」

少し女々しいかと筆を止めたが、信長の生きざまが気になり、尾張から来た者たちから情報を集めたのは事実である。

これくらい書いても罰は当たらないだろうと、開き直って先をつづけた。

「駿府での人質暮らしは、八つから十九まで十二年間つづきましたが、信長さまが桶狭間の戦いで今川義元に大勝なされたのをきっかけとして、それがしも今川家から独立することができました。それがしの今があるのは、あの大勝利のお陰と言っても過言ではありません。伯父の水野信元の仲介で、信長さまと同盟を結ばせていただいたことにも、深く感謝しております。その時に十数年ぶりに清洲城でお目にかかり、立派になられたお姿に目をみはりました。そうして天下国家を新しく作り変えようというお志に胸を打たれ、この先何があっても行動を共にしようと決心いたしました」

あの夜、閨に忍んできたお市の方と交わったのも、信長との縁を深めたいと願っていたからかもしれない。

家康はふとそう思ったが、さすがに文章にはしなかった。

「その後、嫡男信康と徳姫さまの縁組をさせていただき、両家の関係はいっそう深いものになりました。あの日わざわざ岡崎まで来ていただき、一緒に湯屋に入って背中を流し合いました。その折に余とそちは兄弟も同じだと言っていただいたことは生涯の誉れですし、ご上洛の計略を語っていただいたことが、それ以後のそれがしの生き方を決めることになりました。記憶力にすぐれた信長さまのことゆえ、一言一句くまなく覚えておられることと存じますが、上洛した後は天下を掌握し、天下を尾張にするとおおせられました。その計略の雄大さに茫然としていたそれがしに、そちは遠州を手に入れ、東海道も遠州灘も封じて武田家が鉄砲や弾薬を入手するのを阻止せよとお申し付けになりました。それに従い、それがしは信玄と盟約を結んで今川家を亡ぼそうとしたのでございます。

ところが信玄の眼中には、信長さまのことしかありませんでした。今川と徳川を戦わせ、武田と織田で挟み撃ちにしようと、両川自滅の策をめぐらしておりました。それを知ったそれがしは、北条、今川、上杉と手を結び、信玄を駿府で討ち取る計略をめぐらしました。お申し付けとは違いましたが、先に仕掛けたのは信玄ですし、武田を亡ぼすことができれば、東の守りも強固になると考えたのでした。このたび信玄は、この時の無念を三ヶ年の鬱憤と触れておりますが、今日の対決の原因はまさにここにあるのでございます」

さあ、これからだと、家康は無意識に筆の穂先をなめていた。

濃くすった墨は、甘いような苦いような妙な味だった。

「これが永禄十二年(一五六九)、信長さまが義昭公を奉じて上洛なされた翌年のことでございます。それから三年の間、それがしはお申し付けに従って東の守りにあたって参りました。強敵信玄の脅威にさらされながら、越前出兵時には五千の兵をひきいて馳せ参じました。姉川の戦いの時にも、同じく五千の兵を引きつれて参陣いたしました。それなのに我らが四万ちかい武田勢に攻め込まれている火急の時に、どうして援軍を送っていただけないのでしょうか。信玄が甲府を発すると聞いた時以来、それがしは三度も救援を求める使者を送りましたが、まともな返事さえいただけないのは何故でしょうか。むろん信長さまが浅井、朝倉、六角、三好三人衆、大坂本願寺を敵にして、ご苦労をしておられることは承知しています。このような時に、東の武田まで敵に回すことは避けたいとお考えなのは無理もないかもしれません。しかし信玄は表裏のある策士です。しかも弾薬を買い付けるために大坂本願寺とのつながりを強めていますので、やがては信長さまと敵対することは明らかです。しかしこの家康は、たとえ天が崩れ地が裂けようとも信長さまとの盟約を守り抜きます。どうぞ五千の援軍を送って下さい。その加勢さえあれば信玄を追い払うことができますが、今の手勢では四万もの兵には太刀打ちできません。それがしが討死した後には、家臣たちはやむなく武田の軍門に下り、尾張攻めの先陣をつとめることになるかもしれません。もし今も兄弟同然だと思し召しなら、援軍を送り、信玄と戦う機会を与えていただけるよう、伏してお願い申し上げます」

家康は書き上げた下書きを二度、三度と読み返した。

ここまで踏み込んでいいかという不安もある。

中でも援軍を送ってくれなければ、自分が討死した後には、家臣は武田の軍門に下るしかないとは、信長を脅すも同然である。

しかしこれくらい強いことを書かなければ信長の心は動かせないと、長年の経験によって分かっていた。

信長は冷徹なばかりの合理性を持っている半面、理想を実現するためにはどんな苦難もいとわない。また異常なばかりに自尊心が強いので、人の侮りを受けることに耐えられないし、借りを返さずにはいられない。

そうした気性を考慮に入れ、援軍を送るように仕向ける書き方をしたのだが、信長もすぐにそれと気付くはずである。

そして腹にすえかねるほどの怒りを覚えるだろう。

その怒りが侮りを受けまいとする感情に火をつけ、援軍を送らずにおくものかという意地につながる。

家康はそれを期待しているのだが、これは危うい賭けだった。

なぜなら援軍を送ったからには、「天が崩れ地が裂けようとも信長さまとの盟約を守り抜きます」という言葉を実行せよと迫ってくるにちがいないからだ。

家康の心底を確かめようと、わざとのように無理難題を吹っかけてくるだろうが、ここまで書いたからには、それを拒むことはできなくなるのである。

（しかし今は、こうするしかあるまい）

家康はゆっくりと墨をすりながら決意を固め、下書きを清書して石川数正を呼ぶように命じた。

「ご用でございましょうか」

数正は鎧直垂の上に陣羽織を着て、陣小屋造りの指揮を執っていたところだった。

「もう一度、信長どのの元に使いに行ってもらいたい。書状はこれだ」

「ずいぶんと重みがございますな」

受け取った書状のぶ厚さから、数正はただならぬことだと察していた。

「我らの命運をかけた書状だ。前に行ってもらった時には、返事さえいただけなかったが、頼める者はそなたしかおらぬ」

「あの折にはお役に立てずに申し訳ありませんでした。しかし信長公は、公方さまとのいさかいを抱えておられましたので」

「そのことは与七郎からも聞いておる。そちの責任ではない」

信玄は三河、遠江への侵攻を始めるにあたって、将軍義昭を身方に引き入れる工作を本格的に始めていた。

将軍家に所領を寄進したり、夫人の実家である三条家を通じて朝廷に働きかけていることは、家康も伴与七郎から報告を受けていた。

万一義昭がこの誘いに乗ったなら、信長は四方を敵に囲まれた上に、大義名分を失うことになる。

そこで九月二十八日に十七ヶ条の異見書を義昭に突き付け、信長の方針に従うかどうか決断を迫ったのだった。

そうしたきわどい鍔ぜり合いを演じていた上に、武田信玄を身方に取り込む工作にも望みを託していたので、家康の援軍要請は迷惑だったのである。

「しかし、今や武田勢は目と鼻の先に迫っておる。援軍を送るか、この徳川を敵に回すか、腹をすえて返答していただかねばならぬ。長文になったのは、その覚悟と思いを書き付けたためじゃ」

「承知いたしました。返答の期限は」

「七日後にはもどって来い。それ以上延びたなら、承諾は得られなかったと見なす」

「やれやれ。それでは命がいくつあっても足りぬようでございますな」

「万一そちが斬られても、急を知らせることができるように、供の者に申し付けておけ」

信長の返答を待つ間、家康は岐阜と浜松の通路を確保しておくことにした。

万一武田勢が湖北の刑部や気賀を制圧しても、浜名湖を渡って織田の援軍が浜松城に入れるようにしておかなければならない。

そう考えて湖西の宇津山城には松平清善を派遣していたが、湖東の宇布見にも松平康忠を向かわせ、二百艘の船を集めておくように命じたのだった。

第六章

三方ヶ原

三方ヶ原地図

木曽川
美濃
信濃
高遠城
甲府城
富士山
天竜川
駿河
遠江
二俣城
長篠城
三河
三方ヶ原
野田城
浜松城
久野城
見付
高天神城
浜名湖

石川数正はきっちりと七日後、十一月十七日にもどってきた。

「信長公は援軍を送ると確約して下されました。命拾いができましたぞ」

久々にどうだと言わんばかりの顔をして、信長の書状を差し出した。

それには次のように記されていた。

「その存念は分かった。平手監物汎秀以下の軍勢をつかわすので、よく話し合って武田にそなえよ。委細は監物が申す通りである」

素っ気ないほど短い書状は、信長の腹立ちの表れである。

色鮮やかに押された天下布武の朱印は、盟約の順守を迫るものだった。

「して、援軍の数は」

「平手汎秀どの、林秀貞どの、佐久間信盛どの、水野信元どの。合わせて三千ばかりでございます」

「たった三千か」

「平手、林、佐久間は当家の重臣である。信長公はそうおおせられました」

平手らの援軍は十一月十九日に本坂峠をこえて刑部に到着した。

幸い武田勢に湖北の道を封じられることもなく、数正より二日遅れただけで浜松城まで五里（約二十キロ）の所まで来たのだった。

刑部から浜松までは、三方ヶ原台地に上がって追分まで進むが、ここから道は二つに分かれている。

ひとつはそのまま本坂街道（姫街道）を進み、二俣街道を南に下って浜松城の玄黙口に着くもの。もうひとつは追分から南に向かい、犀ヶ崖の脇を通って城の西側に着く道。

後者は家康が武田との決戦にそなえて整備させた平坦な道で距離も近いが、家康は前者を通るように援軍の案内役に申し付けた。

新しい通路があることを、武田の密偵に知られたくなかったからである。

家康は本丸の富士見櫓にのぼり、織田勢の行軍の様子を見物した。

馬込川ぞいの二俣街道を、縦長の隊列をとって行軍してくる。

木瓜紋の旗を風になびかせて進んでくる姿は勇ましいが、富士山まで見渡せる雄大な景色の中では、蟻の行列のように小さく見えた。

（武田の軍勢は、あの十倍だ）

家康は頭の中でその様子を想像し、もし彼らが攻めてきたならどんな風に迎え討とうかと考えていた。

「殿、そろそろ」

援軍が着くので迎えに出るようにと、酒井忠次がうながした。

家康は玄黙口で織田の援軍を出迎えた。

先頭を進んできたのは平手汎秀。信長の守役として名高い平手政秀の孫で、二十歳になったばかりの青年武将である。

二番手は信長と家康の取り次ぎ役をつとめる佐久間信盛だが、掛川城攻めの時にいさかいを起こして以来、家康との仲は険悪になっていた。

三番手は林佐渡守秀貞。信長が幼くして那古野城を与えられた頃から、一番家老として仕えている重鎮である。

すでに六十歳をこえていて、近頃では戦に出ることも少なくなっていた。

四番手は家康の伯父の水野信元。援軍の中では一番頼りになる強兵だが、信長の威を笠に着て家康を見下す態度を取るのが難点だった。

家康は援軍を城内に収容した後、本丸御殿で軍議を開いた。

徳川家からは酒井忠次、石川数正、鳥居元忠が出席し、温厚な忠次が状況の説明役をつとめた。

「皆さま、これをご覧下され」

忠次が遠江の絵図を床に広げた。

「浜松城はここ、二俣城はここ、掛川城はこちらでございます」

絵図を指しながら、武田勢が一言坂の戦いで徳川勢を打ち破り、二俣城攻めにかかっている状況を説明した。

「信玄はこの合代島に本陣をおき、我らが二俣城を救うために後詰めに出てくるのを待っているようでございます。天竜川西岸の平田には、山県昌景、秋山虎繁ら七千余が布陣しております」

平田は天竜川をはさんで二俣城と向かい合う位置にある宿場町だった。

「それで、徳川どのはどうなさるおつもりか」

佐久間信盛が絵図から顔を上げて家康を見やった。

「二俣城が落とされたなら、敵は都田に出て本坂街道に向かうことができるようになります。それでは東の楯となれとおおせられた、信長さまのお申し付けをはたすことができませせぬ」

家康は二俣から都田、刑部までの通路を示しながら、敵の進撃を防ぐには二俣城の後詰めに出るしかないと言った。

「しかし、敵は我らの三倍ちかいと聞く。まともに戦ったなら勝ち目はあるまい」

「勝算はあります。まず平田に宿営する山県、秋山勢に夜襲をかけます。敵は七千、こちらは一万をこえておりますので、追い払うのはさして難しいことではありません。それに気付いた合代島の武田の本隊は、天竜川を渡って攻めかかって参りましょう。そこで我らは川岸に陣取り、長槍隊と鉄砲隊で敵の渡河を防ぐのでござる」

三間半（約六・三メートル）もの長槍をずらりと川岸に並べたなら、武田の騎馬隊といえども近付けない。

その後ろから鉄砲を撃ちかければ、必ず撃退できるはずだった。

「戦はそのように理屈通りにいくものではない。山県、秋山勢を追い払えるかどうか分からぬし、武田の本隊が三方に分かれて渡河にかかるということもある」

「お言葉ではございますが、死中に活を求める戦をしなければ、この窮地は乗り切れませぬ。信長さまが桶狭間で今川義元を討ち取られた時と同じでございます」

あの時信長は二十七歳だった。

家康はそれより四つ上だし、四倍近い軍勢を持っている。やってできぬことがあるものかと言いたかった。

「確かに徳川どのがおおせられる通りかもしれませぬ」

もう一人の重臣である林秀貞が、やんわりとなだめにかかった。

「されど我らの軍勢は、岐阜からの強行軍のために疲れておる。少なくとも一両日は兵馬の足を休めなければ、武田と対等に戦うことはできまい」

「恐れながら、それでは敵の不意をつくことはできませぬ。疲れているとおおせなら、この城の留守役をつとめていただきたい。今夜のうちに我が手勢だけで出陣し、敵を追い払ってご覧に入れまする」

「馬鹿な。それでは我らが上様に顔向けできぬわ」

秀貞が歯の欠けた口を開けて苦笑した。

「それでは五百人ばかりを選んで、我らの加勢に回していただきたい。それで充分でござる」

「徳川どの、まあ待たれよ」

信盛が仕方なげに話を引き取った。

「我らがかく言うは、短兵急なことをして貴殿に万一のことがあってはならぬと案じておるからじゃ。そうなれば一挙に遠江も三河も奪われ、尾張は唇を失った歯のような状態になる。上様もそれを案じられ、兵を温存して武田の動きを牽制せよとお命じになったのだ」

「先ほども申し上げましたが、二俣城を落とされたなら、敵が都田から本坂街道に入るのを阻止することはできませぬ。武田がそのまま三河や尾張に向かったなら、我らはこの城に置き去りにされることになります」

「その時には城を出て、敵の背後をつけば良い。ともかく兵を損なわぬことが大事じゃ」

信盛は秀貞に目配せし、今日はこれで休ませてもらうと席を立った。

大将は平手汎秀のはずだが、二人に遠慮して口を閉ざしたままだった。

軍議の後、家康は水野信元を呼び止めた。

「お茶などさし上げたいのですが、いかがですか」

「それは願ってもないことじゃ。久々に自慢の甥に会うたのじゃからな」

信元は快く応じたが、茶室に入るなり茶よりも酒を所望した。

「遠州の風は妙に乾いておる。喉が痛んでならぬ」

出された酒を一気に飲み干し、ようやく人心地がついた顔をした。

相変わらず端整な顔立ちで、口ひげも美しくととのえていた。

「軍議の間、何もおおせになりませんでしたが」

家康は点前(てまえ)にかかりながらたずねた。

「うかつに動いてはならぬと、上様が命じられた。後の理屈は佐久間どのや林どのに任せておけば良い」

「まだ武田との交渉をつづけておられるのですか。岐阜城では」

「もはや武田とは手切れとなった。知らせがあったであろう」

「いいえ、何も」

家康は急に信長に見放されたような不安に襲われた。

「さようか。あのような書状を送り付けたゆえ、上様もお怒りなのであろう」

「お読みになったのですか。それがしの書状を」

「出陣前に呼び付けられ、これを見よと突き付けられた。あんな腰のすわらぬ繰り言を並べられては、さすがのわしも弁解のしようがなかったわ」

「それで……。信長さまは何と」

あの書状を信元に読まれたのかと、家康は恥ずかしさに身がちぢむ思いだった。

「あやつは餓鬼の頃から、臆病者のくせに妙に腹がすわったところがあった。そう言って笑っておられた。しかし、二度目は許さぬとおおせじゃ。今後は上様を試すようなことはせぬことじゃ」

「お言葉ではございますが、あそこまで腹をすえてお願いしなければ、信長さまのお心を動かすことはできません。普通に構えていたなら、援軍など出していただけなかったはずです」

「そちは甥ゆえ遠慮なく言わせてもらうが、そう思うのは買いかぶりじゃ」

「何故でしょうか」

「上様が武田と手切れをなされたのは、あの書状を読まれたからではない。十一月十四日に東美濃の岩村城が武田の軍門に下り、武田勢を城内に引き入れたからじゃ」

信玄は三河、遠江の国衆への調略と同時に、岩村城の遠山氏にも誘いの手を伸ばしていた。

城主遠山景任の死後混乱をきわめていた遠山氏は、これに応じて信玄の美濃攻略の先陣をつとめることにした。

知らせを受けて信長は激怒した。

岩村城は織田家の勢力下に属するという取り決めを信玄が一方的に破った上に、美濃攻めのための新手を岩村城に入れたからである。

「そこで上様は武田との同盟を破棄し、上杉との関係を強化することになされた。浜松に援軍を送られたのは、その姿勢にゆるぎがないことを上杉に示すためじゃ」

「それならどうして、武田との戦を急ぐなとおおせられたのでしょうか」

「東西から攻められる危機を乗り切るために、上様は朝倉義景と和議を結ぼうとしておられる。冬の間、織田も朝倉も近江から兵を引こうと申し入れておられるのじゃ」

「武田と同盟している朝倉が、それに応じるとは思えませぬが」

「常の時ならそうであろう。だが信玄の進軍が思いのほか手間取ったために、北陸路はすでに雪に閉ざされかけておる。このままでは朝倉勢は、雪が解ける来年三月まで本国に帰れなくなる」

そうした弱みに付け込み、信長は上杉謙信に越前に攻め込むように依頼し、朝倉の背後をおびやかしている。

その一方で、近江では一時的に停戦協定を結び、朝倉勢が帰国しやすいように仕向けているのだった。

「おそらくあと半月もすれば、朝倉義景はこらえかねて本国に兵を退くであろう。それまで武田を遠江に釘付けにしておくのが、そちの役目なのだ」

「それをうかがって腑に落ちました。お教えいただき、かたじけのうございます」

家康は天目茶碗に点てた濃茶を、出し袱紗をそえて差し出した。

話に気を取られて茶筅の動きと湯のそそぎ方が雑になっていたが、悪い出来ではなかった。

「上様は天下を見据えて計略をめぐらしておられる。これから岐阜に頼みごとをする時は、事前にわしに相談するがよい」

「これほど内々の事情に通じておられるとは、よほど重用されておられるようですね」

「忘れたか。上様が桶狭間の戦いで大勝利をおさめられたのは、わしの働きがあったからじゃ。そのことを思えば、林どのや佐久間どのに代わってわしが重臣に取り立てられても不思議はあるまい」

信元は作法通りの美しい所作でお茶を飲み干した。

近頃はますます自信を深めているようだが、信長がそうした慢心を一番嫌うことには気付いていないようだった。

信長の命令は絶対である。

家康は二俣城への後詰めを諦め、浜松城にこもって武田勢の出方をさぐることにした。

信長が武田と手切れをしたと分かったので無理をすることもなくなったわけだが、気がかりなのは二俣城に立てこもっている中根正照以下一千余の将兵の処遇である。

そこで服部半蔵を呼び、将兵の助命と引きかえに城を明け渡しても構わぬと、中根に伝えさせることにした。

「ただし、なるべく交渉を長引かせるようにしてくれ。一日の延びは一つの勝ち、二日の延びは二つの勝ちじゃ」

二俣城はよく耐えた。

厳寒の中、兵糧も底をついていながら、十一月末日まで開城を引き延ばした。しかも城を明け渡し、武装解除をすることを条件に、一千余名の将兵の助命にも成功したのだった。

中根正照が二百余名の直臣と浜松城に引き上げてきたのは、十二月一日のことである。

全員鎧もつけない丸腰で、体はやせ、ひげも月代も伸び放題になっていた。

「殿、申し訳ございませぬ」

正照は顔を合わすなり、額を床にすりつけて城を守り抜けなかったことをわびた。四十半ばの実直な三河武士だった。

「よくやってくれた。あれから十日も持ちこたえてくれたゆえ、十の勝ちじゃ」

家康は正照を床几に座らせ、凱旋した武将と同じように扱った。

「お預かりした鉄砲と弾薬を、敵に渡さざるを得なくなりました。何とかこれだけはと思っていたのですが、天竜川から水を汲み上げていた釣瓶を、ことごとく断ち切られましたので」

抗することができなくなったと、正照は身をちぢめて恥じ入った。

城にこもっていた地侍ら八百人ばかりも、武器を取り上げられ、家にもどるように命じられたという。

「奪われたものは取り返せばよい。しばらくはゆっくり体を休めてくれ」

家康は着ていた羽織を正照の肩にかけ、全員に粥（かゆ）をふるまうように近習（きんじゅ）に申し付けた。

二俣城を手に入れた信玄は、これからどう動くのか。

誰もが固唾（かたず）を呑（の）んで知らせを待っていたが、二日がたち三日が過ぎても武田勢は行動を起こさなかった。

二俣城の本隊も平田に布陣している別動隊も、冬ごもりでも始めたようにじっとしていた。

「殿、天が我らに身方してくれたようでござるぞ」

報告にもどった服部半蔵が、久々に明るい顔をして声をはずませ、信玄は本当に病気のようだと告げた。

「なぜだ。なぜ、そうと分かる」

「合代島におられた時、薬師（くすし）らしき者が本陣に出入りしておりました。また、この半月ほど軍議が開かれておりませぬ」

それは信玄が病気だということを、重臣たちにも知られたくないからにちがいないという。

「信玄公は以前、肺をわずらっておられました。この寒さと行軍の疲れで、それが悪化したのではないかと思われます」

「そうか。それなら……」

願ってもないことだと言おうとして、家康は言葉を呑んだ。

「それならこのまま信濃に撤退するかもしれぬ。二俣城の将兵の助命に応じたのは、一刻も早く城を受け取って、追撃を防ぐ楯にしたかったからであろう」

「確かに、そう考えれば辻褄が合いまする」

「二俣城の監視を強化し、どんな小さな動きも見逃すな。また武田の間者をつぶして、こちらの動きを悟られないようにせよ」

それから十日が過ぎ、十二月十五日になっても、武田勢は二俣城にとどまったまま不気味な沈黙を守っていた。

（信玄は本当に病気なのか、それともこれも計略のひとつだろうか）

家康は確かな判断をつけられないまま重圧と緊張に耐えていたが、そうした迷いは城中の将兵にも流行病のように広がっていた。

信玄は重病で動けないらしい。武田勢はこのまま本国に引き上げるようだ。

誰言うともなく噂が広がり、これで戦は避けられるという安堵感に皆の心がゆるんでいった。

それにつれて徳川勢と織田の援軍の間にいさかいが起こるようになった。

また徳川勢の中でも譜代と新参、遠江と三河といった立場のちがいがあり、仲間同士で集団を作っていがみ合うようになった。

（籠城が長引けばこうなると、信玄は見こしていたのではないか）

家康はそうした危機感におそわれ、何とか分裂を喰い止め、皆の心をひとつにする方法はないかと知恵をめぐらした。

「大旗を作る。麻布をこの大きさにぬい合わせてくれ」

侍女頭となったお万に頼んだ。

幅二尺（約六十センチ）、長さ九尺（約二百七十センチ）のもの二流を、お万は侍女たちに申し付けて翌日には仕上げてきた。

たてた。

「何の旗をお作りになりますか」

「わしの願いだ」

家康は自ら筆をとり、一方に厭離穢土、もう一方に欣求浄土と大書した。

翌朝、家康は本丸に将兵を集め、天守曲輪に二流の旗を立てた。

真新しい大旗は西からの強風を受け、麻布のごわごわとした音をたててはためいた。

「皆に伝えておきたいことがある。わしは今日から、これを本陣旗とする」

家康は旗の下に立ち、風に負けないように声を張り上げた。

「知っての通り浄土宗の教えを示したものだ。しかし一向宗や他の宗派の教えにも、通じるところがあるはずじゃ」

この言葉にもっとも敏感に反応したのは、八年前に三河の一向一揆に加わって家康に反旗をひるがえし、その後許されて家臣になった者たちだった。

阿弥陀仏を頼む心は同じなので、家康がこの旗を用いるのは自分たちへの配慮だと受け取ったのである。

「わしは桶狭間の戦いに敗れた後、大樹寺の先祖の墓の前で腹を切ろうとした。登誉上人がそれを止め、この場で死んだと思い定め、この世を浄土にするために生きよと教えて下された。それから十二年、わしは家臣、領民とともにわが領国を浄土に変えることを目標に戦ってきた。そして内政を充実させ外敵を防いで、三河、遠江を実り多き国にしてきたが、今その領国が武田の軍勢に踏み荒らされようとしている」

家康の呼びかけに、ざわめいていた将兵たちが姿勢をただして聞き耳を立てた。織田の援軍も、まわりの空気に引きずられるように静かになった。

「我々武士は、領民からの年貢によって生かされておる。領民が年貢を出すのは、敵が攻め込んで来た時に、我々が命と暮らしを守ってくれると信じているからだ。その役目をはたすことこそ真の武士道、厭離穢土の本懐である。武田はこのまま兵を引くという噂もあるが、三万二千もの軍勢を動かして手ぶらで帰っては、信玄の面目が保てまい。必ず我らの領国をかすめ取ろうとするはずだ。そのような狼藉を許してはならぬ。その方ら一人一人が領民との約束をはたし、己の武士道を貫くために、死力をつくして戦ってくれ」

家康が語り終えた後も、将兵たちは黙り込んでいた。懸命な呼びかけに心をゆさぶられ、我を忘れて立ちすくんでいたのである。

ややあって誰かが遠慮がちに鬨の声をあげると、数十人、数百人、数千人がそれにつづき、やがて腕を突き上げての大合唱になった。


武田信玄が動いたのは、年も押し詰まった十二月二十二日だった。

早馬で急を知らせたのは、二俣城の監視にあたっていた服部半蔵の配下である。

「今朝卯の刻（午前六時）過ぎ、天竜川にかけた船橋を渡り、平田にいた別動隊を先陣にして二俣街道を南に向かっています」

卯の刻といえば、まだ暗い。

浜松城まではおよそ五里（約二十キロ）だから、正午頃には城下に到着するはずだった。

家康はさっそく配下の諸将を集め、手筈通り籠城の仕度にかかるように命じた。

大手の玄黙口、明光寺口に酒井忠次、鳥居元忠、本多忠勝、榊原康政らの主力を配し、東側の二重堀の守りを織田の援軍に受け持ってもらう。

西側の犀ヶ崖口には、三河衆をひきいる石川数正を配することにした。

半刻（約一時間）もしないうちに、第二報がとどいた。

「卯の下刻（午前七時）、馬場信春、小山田信茂の軍勢八千ばかりが、根堅から宮口に向かいました。そのまま都田に向かうのではないかと思われます」

二俣街道は道幅が狭く、二列縦隊でしか進めない。

三万二千もの軍勢を移動させるには時間がかかりすぎるので、八千余に別の道を行かせたのである。

しかし、その狙いは何なのか。家康は遠江の絵図をにらみながら信玄の真意をさぐろうとした。

「宮口から都田まで出て三方ヶ原に上がり、城の西側に回り込むつもりかもしれぬ」

そうだとすれば、追分から犀ヶ崖の脇を通って城に入る道のことを、武田方に察知されたのかもしれない。そうした場合にそなえ、家康は犀ヶ崖の守りを強化することにした。

第三報は巳の下刻（午前十一時）を回った頃にもたらされた。

「申し上げます。武田勢は欠下城の南の大菩薩坂をのぼっております」

「全軍か？　それとも別動隊だけか」

「しばらく様子をうかがいましたが、信玄公の四方輿ものぼってゆきました。全軍のようでございます」

それからほどなくして、第四報がとどいた。

信玄の本隊は三方ヶ原の台地に上がり、追分に向かっているという。

「これはいったい……」

どうした訳だと、家康は重臣たちの顔を見回した。

「浜松を素通りして、わが城に向かうつもりでしょうか」

東三河の吉田城（豊橋市）を預かる忠次が、温厚な顔を強張らせた。

「あるいはそう見せかけて、我らをおびき出す策かもしれませぬ」

数正がいつものようにうがった見方をした。

信玄は城攻めに手間取ることを避けるために、吉田城を攻めると見せて野戦に持ち込もうとしているというのである。

「討って出ましょう。たとえ三倍の軍勢とはいえ、後ろを見せた敵を打ち破るのは雑作もないことでござる」

これこそ千載一遇の好機だと、元忠は武者震いをしながら膝頭をきつく握りしめていた。

「わしもそう思う」

家康は同意したが、考えは元忠と少しちがっていた。

信玄が吉田城を攻めるのか、おびき出して野戦に持ちこもうとしているのか分からない。

だがここで討って出なければ、吉田城はたやすく攻め落とされ、遠江と三河は分断されることになる。

そうなれば遠江の国衆はこぞって信玄方に寝返り、浜松城も掛川城も孤立したまま降伏に追い込まれるだろう。

それを避ける手はただひとつ。

全軍をひきいて武田勢の後を追い、付かず離れずの距離を取りながら相手の出方をうかがうことだ。

もし武田勢が吉田城に向かうなら、三方ヶ原の台地を下りる時に攻めかかる。

そうすれば敵は軍勢を反転させることができないので、敗走するしかなくなるはずである。

信玄がおびき出す策を取っていて、三方ヶ原で軍勢を反転させたとしても、徳川勢と織田の援軍には一千挺ちかい鉄砲と、自慢の長槍部隊がある。

敵が反転を始めたならいち早く槍衾を作り、銃撃をあびせかければ勝機は充分にある。

それに信長にあれほど強い要請をして援軍を送ってもらったのだ。信玄を恐れて素通りさせたとあっては、この先二度と顔向けができなくなる。

ここは何としてでも討って出て、武田にひと泡吹かせなければならなかった。

「そういうことだ。それぞれ出陣の仕度をととのえて下知を待て」

配下の諸将は異論なく命令に従ったが、厄介なのは信長が援軍として送った佐久間信盛と林秀貞だった。

「それは、いかがなものであろうか」

まず信盛が反対の口火を切った。

「武田勢は我らの三倍の兵力、野戦で戦ったなら勝ち目はあるまい。それに決戦をさけて武田勢を牽制せよという、上様のお申し付けにも背くことになる」

「されどこのまま籠城していては、敵は吉田城を攻め落とし、三河へ兵を進めましょう。岡崎城には四千ばかりの軍勢しかおりませぬゆえ、守り抜くことはできませぬ」

忠次が家康に代わって異をとなえた。

「武田勢が吉田城に入ったなら、かえって好都合ではないか。浜松と岡崎から兵を出して挟み撃ちにすればよいのじゃ」

「佐久間どののおおせられる通りじゃ。吉田城なら知多(ちた)半島から水軍を出して、海上から攻めることもできる。のう下野守(しもつけのかみ)どの」

秀貞は出陣したくない一心で、水野信元に同意を求めた。

「そのような策もありましょうが、今は西風が強い時期ゆえ、なかなか船を操るのは難しゅうござる」

水軍の頭である信元は秀貞の誘いには応じなかったものの、城から討って出ても勝てる見込みがあるとは思えないと言った。

「敵はすでに我が領国を踏み荒らしているのでござる。相手が強いからといって尻込みしていては、領民を見捨てるのと同じでござる」

家康は声高に議論を打ち切り、信盛や秀貞がこの城を動かぬなら、徳川勢だけで出陣して決戦を挑むと言った。

「信長さまも家中の反対を押し切り、桶狭間に出陣して大勝利をおさめられた。勝ち負けは兵の多少によらず、天道次第でござる」

「我らだけ城に残るわけには参りませぬ。三河守(みかわのかみ)どのがそのお覚悟なら、共に出陣いたしまする」

年若い平手汎秀が、初めて援軍の大将らしい決断を下した。

酒井忠次、石川数正を先陣とする徳川勢八千は、城の西側から犀ヶ崖口にまわり、三方ヶ原の台地に上がって北へ向かった。

その後方を織田の援軍三千が進んだ。

「武田勢の動きをさぐりながら進軍する。決して突出してはならぬ」

家康は忠次と数正に厳しく申しつけた。

三方ヶ原は天竜川と浜名湖(はまなこ)の間に広がる洪積(こうせき)台地である。

天竜川の扇状地が西側だけ隆起したもので、東西十キロ、南北十五キロ、高さは二十五メートルから四十メートルほどの平坦な台地を成している。

古くから和地村、祝田村、都田村の入会地だったので、「三方が村の原」と呼ばれていた。

それがつづまって三方ヶ原と呼ばれるようになったという。

徳川勢は犀ヶ崖口を出て追分に向かった。

その距離はおよそ一里半（約六キロ）。

大菩薩坂をのぼった武田勢も追分まで出て、祝田につづく鳳来寺道か刑部につづく本坂街道をたどるはずである。

大菩薩坂に入ったのは巳の刻（午前十時）、家康らが出陣したのはそれから半刻（約一時間）ほどしてからなので、両者の距離は一里（約四キロ）ほどだろう。

今頃武田勢は追分をすぎ、どちらかの道を北上しているはずだった。

敵が台地を下りる時に追撃するのなら、四半里（約一キロ）ほどに距離を詰めておく必要がある。だが近付きすぎては急襲されるおそれがあるので、このあたりの兼ね合いが難しかった。

「もう少し急げ。だが本隊と離れてはならぬ」

家康は使い番を走らせて忠次と数正に伝えた。

「敵は追分から祝田への道を進んでおります」

半蔵の配下が告げた。

「あたりに武田の間者はひそんでおらぬか」

「おりませぬ。ひそめるような場所もありませぬゆえ」

あたりは一面冬枯れの野で、身を隠す場所もないのだった。

(もっと急がせた方がよい)

家康は焦り始めていた。

追分から祝田までは一里半ばかり。このままの距離をとっていては、武田勢が台地を下りる時に追撃できなくなる。

祝田を過ぎ都田川を渡られたなら、付け入る隙はなくなるのだった。

馬を並足から早駆けにして追分まで着いた時、後方から水野信元が百騎ばかりをひきいて追いついてきた。

「我らはこれより本坂街道を駆け、祝田に先回りさせてもらいたい。徳川どのが敵を追撃されるなら、前方から鉄砲を撃ちかけて台地の下へおびき出しまする」

声高に申し入れた。

桶狭間の戦いの時に千秋四郎や佐々政次が少人数で今川勢に突撃して囮になったように、武田勢を攪乱するというのである。

家康は信元の進言を容れることにした。

確かに前から攻撃を仕掛けたなら、武田勢はやはり立って追っていくだろう。そこに後方から攻めかかれば、桶狭間での信長の成功を再現できるかもしれなかった。

進軍の速度を上げただけに、武田勢との距離が近付きすぎないか気にかかる。

家康は半蔵の配下からの報告を待ったが、武田勢が追分をすぎた頃からぴたりと連絡が途絶えた。

（いったい、どうしたのだ）

家康は焦りと苛立ちに耐えながら馬を進めた。

何かあったのではないかと不安はつのるが、ここで進軍を止めたなら武田勢を捕捉することはできなくなる。

それに万一敵が攻撃を仕掛けるにしても、反転するのに時間がかかるので、長槍部隊に布陣させる余裕はあるはずだった。

念のために使い番を走らせ、武田勢の最後尾の動きを探らせた。

「半里（約二キロ）ほど先を、二列縦隊で北に向かっております」

使い番の報告を受け、家康は迷いをふり切って進軍の速度を上げた。

祝田まであと一里ほどである。

その間にあと四半里、距離を詰めておきたかった。

急ぎながら、家康は気がかりをぬぐい去ることができなかった。

台地特有の冷え込みのせいか、背中にうすら寒さがつきまとっている。大事なことを見落としている気がしたが、それが何かどうしても分からなかった。


やがてあたりが急に暗くなった。

もう夕暮れかと空を見上げると、鉛色の厚い雲が低くたれこめている。湿気の多い大粒の雪が降り始めたかと思う間に、すだれをたらすような本降りになった。

しかも西風まで吹き始め、横なぐりの吹雪になって視界をさえぎっている。

家康は兜の目庇を低く下げて前方をすかし見たが、前を行く石川数正の軍勢が見えないほどだった。

「離れすぎだ。後続を見ながら進めと、忠次と数正に伝えよ」

使い番に命じてから五町（約五百五十メートル）も進まないうちに、先を行く馬廻り衆が急に足を止めた。

数正の軍勢が止まっているので、道を進めなくなったのだった。

「愚か者が。歩みを止めよとは命じておらぬ」

家康が腹立ちまぎれに怒鳴りつけた時、雪がやんで空をおおった雲が吹き散らされた。

雲間からさす西陽に照らされ、前方の高台に武田菱の旗が翩翻とひるがっていた。

旗の主は馬場信春、小山田信茂ら根堅から宮口に向かった別動隊八千である。彼らは先に三方ヶ原北端の高台に上がり、徳川勢が来るのを待ちかまえていた。

それに気付いた忠次勢が足を止め、五町ばかりの距離をおいてにらみ合っていた。

（しまった。これを）

見落としていたと、家康は己のうかつさに歯がみした。

信玄は二万五千の軍勢が反転するには時間がかかると思わせながら、別動隊の前まで徳川勢をおびき出したのである。

「長槍隊、鉄砲隊、前に出て陣形を取れ」

家康は唐の頭の毛をふり乱し、前後左右を見やった。

道ぞいに二列縦隊で進んできた軍勢では、八千の敵に太刀打ちできない。

横に幅広く布陣した長槍隊、鉄砲隊が楯になっている間に、後方から進んでくる旗本先手役や織田の援軍に前に出るように命じた。

（しかし、しかしなぜ……）

半蔵配下の忍びたちは、馬場信春らの動きを察知することができなかったのか。

鳥肌立ちながらそう思っていると、左腕に傷をおった半蔵がよろめく足取りでもどってきた。

「申し訳ございません。敵にはかられ申した」

「どういうことだ」

「武田は三方ヶ原一帯に山筒衆を配し、地中にひそませて我らを狙い討ちしたのでござる」

山筒衆とは日頃は山で狩猟にたずさわっている者たちである。

地中に穴を掘って鹿や熊を待ち伏せる彼らに狙われ、半蔵の配下はことごとく討ち取られたのだった。

「どうやら信玄公は、忍びに対する策がないと思わせ、われらの油断をさそわれたようでござる」

そうしてここぞという時に山筒衆を使い、別動隊の動きを隠したのである。

「腕の傷は、大丈夫か」

家康は敗北の予感に青ざめていた。

「かすり傷でござる。厳しい戦になりましょうが、ご武運を」

半蔵は一礼するなり姿を消した。

馬場勢と鳥居元忠が指揮する鉄砲隊は、五町の間をおいてにらみ合っていた。

相手はどうやら徳川勢が出てくるのを待っているようだが、元忠は長槍隊を柵代わりにして固く陣をしいたままだった。

業を煮やした信春が、軍配を打ちふって先陣を押し出した。

竹束（たけたば）を押し立てた足軽たちを先頭に、槍も刀も持たない千人ばかりの雑兵が進み出た。

いったい何事かと思う間に、敵は恐れる気色もなく一町（約百十メートル）ばかりに近付いてきた。

「第一隊、撃て」

元忠の号令に従って三百人ばかりがいっせいに銃撃したが、弾は竹束にはね返されるばかりである。

第二隊が再び狙い撃とうと火蓋を切った時、竹束の後ろにいた雑兵たちが投石を始めた。

千人ちかくが投げる石が、鉄砲隊と長槍隊の上に雨のようにふりそそぎ、いつもの陣形が取れなくなった。

スペイン陸軍のテルシオ部隊に学んだ最新の戦法が、投石というもっとも原始的な戦い方に打ち破られたのである。

「皆の者、あの竹束を切り崩せ」

忠次が槍隊と抜刀隊をくり出し、敵の構えを打ち破ろうとした。

武田の雑兵たちは太刀打ちできずに逃げ出したが、それと入れ代わりに馬場信春の先陣部隊が挑みかかり、槍を合わせてしのぎを削る白兵戦になった。

その西側では石川数正と小山田信茂の軍勢が、入り乱れて戦っている。

徳川勢は次々と新手をくり出す武田勢に次第に押し込まれ、死傷者を増やしていくが、身方に当たるおそれがあるので自慢の鉄砲を使うことができなかった。

「忠勝、康政、馬を出して敵を押し返せ」

家康は先手役の騎馬隊五百余騎を突撃させ、相手の陣形を切り割らせた。

これに力を得た身方が敵を一町ばかりも押し込んだところを見計らって、家康は退き太鼓を打たせた。

三連の太鼓を乱打する早退きの合図である。

これで身方を引き上げさせ、敵が追撃してきたところを銃撃する作戦である。

だが敵と組み合っていて退くに退けない者が二百人ちかくいる。

彼らを撃つまいとして鉄砲を使わなければ、身方は総崩れになるおそれがある。

「敵だけを狙え。撃て撃て」

家康の非情の号令とともに、第一、第二、第三隊、合わせて七百挺の鉄砲が火を噴いた。

素早い弾込めによって撃ちかけられた数千発の銃弾が武田勢をなぎ倒し、長槍部隊に防御の陣形を取らせる余裕を与えた。

その時、左翼に布陣した大久保忠世の軍勢から叫び声が上がった。

「敵だ。敵の大軍が来るぞ」

はっとふり返ると、鳳来寺道の方から武田勢が突撃してくるのが見えた。

祝田に向かっていた武田の本隊が、反転して攻め寄せてきたのである。

先陣は山県昌景と穴山梅雪、その後ろに内藤昌豊と武田勝頼。総勢は一万をこえている。

後方には信玄が指揮する一万五千が、ぶ厚い陣をしいていた。

(ああ……)

家康は頭が真っ白になり、茫然と敵をながめた。

「殿、ここはひとまずお退き下され」

忠次がいち早く馬を寄せてうながした。

それでも家康は動けない。

破滅が目前に迫った恐怖と衝撃に、思考力も判断力も失っていた。

その時、真紅の旗差しをした五百人ばかりが、山県勢に向かって突撃していった。

中根正照が二俣城を守れなかった恥をすすぐために、三河から呼び寄せた一族郎党とともに身を挺して家康を守ろうとしたのである。

「殿、何をしておられるのじゃ」

忠次が松風の鼻面を取って向きを変え、槍の柄で力任せに尻を叩いた。

松風は悲鳴のようないななきを上げ、鳳来寺道を南に向かってまっしぐらに走り始めた。

(皆の者、後は頼む)

家康は心の中で手を合わせながら鐙を蹴った。

今は自分が生き延びることだけが家臣と領民を守る唯一の方法だと、馬の腹を蹴りに蹴りながら先を急いだ。

馬廻り衆や旗本先手役が、家康を両側から包み込むような陣形を取って従ってくる。

これを猛然と追撃してくる騎馬武者の一団があった。

六文銭の旗をかかげた騎馬三百、徒兵五百ばかりは、本陣の右翼に布陣していた真田源太左衛門尉信綱の軍勢である。

真田幸隆の嫡男で、昌幸の兄である。

武田家随一とうたわれた荒武者だった。

満を持してこの時を待っていた真田隊は、家臣たちを後ろからやすやすと突き崩し、唐の頭と金と黒の陣羽織を目印にして家康に追いすがってくる。

背中のあたりで打ち合わされる刃の音や、馬をぶつけ合ういななきを聞きながら、家康は鞍にへばりつくようにして逃げつづけた。

姿勢を低くするのは矢を射かけられたり槍の標的とされるのを避けるためだが、この乱戦の中ではさして効果があるとは思えない。ただ、横から組みつかれて馬から引き落とされることだけは防げるはずだった。

追分までたどり着き、何とか逃げきれると思った瞬間、思わぬ伏兵が待ち構えていた。

本坂街道に回った真田の一隊が、縦に長く伸びた家康勢に真横から攻めかかった。

屈強の二十騎ばかりが家康の馬廻り衆を組み落とし、守りを手薄にしようとする。その間に背後から追って来た者たちが家康の左右に迫り、隙あらば飛びかかろうと鐙を踏んで腰を浮かしている。

家康は左から斬りかかってくる者を一刀のもとに斬り捨て、右から馬を寄せてきた者の喉首をめがけて斬り上げた。

太刀行きがわずかに遅く、相手は喉を斬られながらも素手で刀を握りしめた。

その隙に左側に寄った者が腰に飛びつこうとした。

「殿、危ない」

近習の一人が後ろから敵の馬に体当たりし、そのまま相手に組みついて転がり落ちた。

鞍のあたりがぬるりと濡れて生温かい。どうしたことかと尻の下に手をあててみると、べっとりと血がついた。

痛みは感じないが、腰のあたりを槍で突かれていたのだった。

こんな状態では戦えない。

組み落とされたなら手もなく首を取られるだろう。

初めて経験する負傷に気が動転し、顔から血の気が引いていく。

「松風、走れ、走り抜けてくれ」

家康は声を出して励ましながら、刀の峰で松風の尻を打ちつづけた。

突然、大柄の馬が斜め横から飛び出して行く手をさえぎった。

と同時に、ひげ面の武者が馬上槍を横なぐりにふるった。

兜の鉢をねらった一撃を、家康は鞍に身を伏せてかろうじてかわした。

だが、鐙にかけた足に力が入らず、あやうく落馬しそうになった。

それを見た敵がとどめを刺そうと槍を構え直した時、松風が猛然と相手の馬に体当たりして活路を開いた。

家康は鞍の前輪にしがみつき、逃げに逃げて犀ヶ崖口までたどりついた。

すでに日が暮れて、あたりは薄暗い。

それでも敵は松明(たいまつ)をかかげて追いすがり、崖の脇に先回りして行く手をさえぎろうとする。

犀ヶ崖口の守りについていた十人ばかりが、それを見て飛び出してきた。

本多忠真(ただざね)と家臣たちで、いずれも徒兵である。

「殿、ここはお任せ下され」

全員槍を手にして敵の前に立ちふさがったが、馬上から突き出される槍を防ぎきれずに、次々と討ち取られていった。

「おのれ、武田が」

家康は馬を返して忠真らを救おうとしたが、いきなり横からむんずと腕を取られ、鞍から引きずり落とされた。

「殿、お許し下され」

夏目次郎左衛門吉信が、唐の頭と陣羽織をはぎ取って松風にまたがり、家康になりすまして敵の中に突撃していった。

「我こそは徳川三河守家康である。腕に覚えのある者はかかって参れ」

刀をふり上げ闇の中へ突っ込んでいく。

吉信は三河一向一揆に属して主家に弓引き、戦に敗れて捕らえられた。その時、家康の温情によって命を助けられた恩を、こうした形で返したのである。

敵が吉信に注意を引きつけられている間に、家康はからくも木戸の中に逃げ込んだ。

背後でどっと喚声が上がり、大音声で勝利を告げる者がいた。

「源太左衛門尉どのが、徳川家康を討ち取られた。この戦、我らの勝ちじゃ」

その声につづいて槍先に貫かれた吉信の首が宙に突き上げられ、松明の火に照らされた。

松風も槍で腹を突かれ、漆黒の馬体から血を流しながら横たわっている。

家康はそれを尻目に城中に駆け込んだ。

埋門の外で留守役の者たちが出迎え、城門を閉めて敵にそなえようとした。

「門を閉めるな。敵はわしを討ち取ったと思っておる。これ以上攻めては来ぬ」

門を閉めて守りを固めれば、身替わりの首だと気付くおそれがある。それに引き上げてくる身方を収容することもできなかった。

「本陣旗のまわりでかがり火を焚け。富士見櫓で登城の太鼓を打ち鳴らすのじゃ」

「それではなおさら、敵が不審を持ちましょう」

「敵には登城の太鼓とは分からぬ。わしが討たれたと聞いた家臣たちも、本陣旗を見て太鼓の音を聞いたなら、勇気百倍するはずじゃ」

家康は指示を終えて本丸御殿に向かった。

出血のために意識が朦朧としている。右の太股の付け根を突かれ、自由に足を運ぶこともできなかった。

「ご無事のお帰り、おめでとうございます」

お万がいち早く駆け寄って肩を支えた。

「お万か。わしは今日死んだ」

「何をおおせですか。こうしてご無事に」

「これはわしの命ではない。多くの家臣たちが、身を捨てて生かしてくれたものだ」

自分を守ろうとして次々と討死していった者たちを思い、家康は申し訳なさに嗚咽をもらした。

「誰もがわしのために、敵の前に立ちはだかった。背を向けた者は一人もいなかった。わしはこれから、その恩を返すために生きねばならぬ。分かるか」

「分かります。分かりますとも」

お万ももらい泣きしながら、歩きつづけた。

「このみじめな姿を、しっかりと目に焼きつけておいてくれ。わしは今日死に、死んだ者たちに恥じぬ大将となるために新しく生まれ変わる。この誓いに少しでも背いたなら、どんな罰を受けても構わぬ」

信玄に挑んだものの無残に敗れ、一千名以上の家臣たちを死なせてしまった。

だがその犠牲の大きさが、家康にこれまで足りなかった何かをさずけてくれたのだった。

時に三十一歳。
本当の天下人になるための道は、始まったばかりだった。

（第三巻につづく）

解説

細谷正充

　安部龍太郎が、初めて徳川家康を描いた作品は何だろう。おそらく『血の日本史』に収録されている「姦淫」ではないか。姿や名前が出てくる収録作は他にもあるが、きちんと物語の中で家康が活用されているのは、「姦淫」だけだといっていい。ちなみに『血の日本史』(新潮文庫)は、六世紀から明治初期にわたる一千年以上の歴史を、四十六の短篇で俯瞰した、作者の出世作である。日本史そのものが題材なのだから、戦国時代を終わらせ徳川幕府を開いた家康が入るのは当然だ。ところが「姦淫」の主人公は、公家衆と女官の密通事件で、駿府にいる大御所家康への使者となった帥局礼子である。家康は、礼子の女心すら見抜いて事態に対処する、脇役として登場するのだ。家康を主人公にして、日本史の重要なエピソードを描くことは、いくらでも可能だったろう。それなのに、この扱いである。理由は、よく分からない。だが作者が家康を正面から取り上げた本作を読んでいるうちに、なんとなく納得できた。その意味は後述するとして、まずは本書の内容を見てみよう。

本書は文庫で六ヶ月連続刊行中の、『家康』の第二巻だ。地方紙での連載を経て、二〇一六年十二月に幻冬舎から単行本で刊行された『家康㈠自立篇』の、後半部分に当たる。余談になるが第五・六巻は新聞連載を直接文庫化したものになるという。単行本を購入している人も、あらためて文庫版で揃える価値があるといっておこう。いや、本棚に綺麗に全巻を並べたいではないか。

桶狭間前夜から始まった物語は、本書で次なる段階に突入。三河一国を手に入れても苦労は絶えず、武田信玄との緊張関係が続く。そして姉川の合戦を経て、三方ヶ原の戦いで武田家に大敗するまでが描かれている。あたりまえのことだがストーリーは史実に沿っており、戦国小説を読み慣れた読者なら、次に何が起こるかよく分かっている。それでも本書は面白い。なぜなら新たな要素を投入して、家康の人生を彩っているからだ。すなわち女性である。

第一巻から振り返ってみよう。ストーリーは桶狭間の戦い前夜。錯綜した状況で、どう動けばいいのか悩む十九歳の家康のもとに、祖母の源応院（お富）が自害したという報せがもたらされる。母親の於大と縁の薄かった家康は、幼き頃から源応院に甘えていた。そう、家康はお婆ちゃん子だったのだ。ここで早くも本書が、従来の家康物と違うことが感じられた。そして源応院の自害に、したたかな計算があったことが明らかになると、本書の女性の立ち位置が見えてくる。戦乱の世で、男たちに従いながら、自らの心を失わない、一個の人間として独立しているのである。

これは他の人も同様だ。母親の於大は、自分の人生が男たちの身勝手によって曲げられたことを恨み、かつての夫に似た家康とぶつかり合う。息子と引き離された、悲劇の女性という、一般的なイメージはどこにもない。また、信長の妹のお市は、自らの意思で家康の子種を求める。やはり悲劇の戦国佳人として描かれることの多いお市だが、まったく違う肖像が屹立しているのだ。さらに源応院の孫で、家康の従妹であるお万は、初登場のとき、まだ元康と名乗っていた家康に向かい、

「元康さまは素直で正直な方ですね。もう少し汚れていらっしゃるかと思っておりました」

という。なかなか手厳しい人物評である。このように女性のキャラクターが立っている点が、安部版家康の大きな特徴といっていい。彼女たちが、時に家康を動かす力になり、時に憩いの場所となるのである。

とはいえ家康が動くのは、あくまでも自分の意思だ。桶狭間の戦いで今川方に付いた家康は、今川が負けると詰めていた大高城を出て、菩提寺の大樹寺で敵を迎え撃とうとする。しかし敵わぬと見ると、自害しようとした。そのとき住職の登誉上人から、何のための戦いかと問われ、

「この世を穢土と観じて、少しでも浄土に近付ける努力はできる。そしてそれは、政を司るその方らにしか出来ぬのだ」

と、諭されるのである。信長や秀吉とは違う、家康の目指す天下の形は、このと

きに芽を出したといっていい。以後、家康は己の理想となった天下に向かって走っていくのである。

だが、それは茨の道だ。思えば家康ほど、苦労続きの天下人も珍しいのではないか。その苦労の中でも、特に厳しかったもののひとつが、本書で活写されている三方ヶ原の戦いだ。悲願である独立を果たしたが、まだ小勢力に過ぎない家康たち。戦巧者として知られる武田信玄が相手となった三方ヶ原の戦いでは大敗を喫する。だが本書のラストの家康の言葉を見れば分かるように、苦難こそが彼の糧となる。武将としても人間としても、大きくなっていくのだ。

そういえば作者は、二〇〇九年に刊行した『徳川家康の詰め将棋　大坂城包囲網』（集英社新書）で、関ヶ原の戦いで勝利した後も、家康は劣勢であり、そのために豊臣家の息の根を止める布石を打ち続けたと書いている。詳しいことは、そちらを読んでほしい。実に説得力のある内容なのだ。だとすると家康は、晩年まで苦難の中にあり、ゆえに老境になっても成長し続けたといえる。ついでに付け加えると、元外務省主任分析官で作家の佐藤優との対談集『対決！　日本史　戦国から鎖国篇』（潮出版社）で作者は、家康について〝螺旋的な人物だ〟という自説を披露

しながら、

「同じ場所に立っているようでいて、時間の経過とともに螺旋階段を昇るように上へ上へと昇っている。小さな成功体験をコツコツ積み重ねて、時間の経過とともに成長する性格なのです」

といっている。そのような性格だから、苦難の連続に耐えることができたのか。あるいは逆に、苦難の連続が性格を形成したのか。作者の小説・歴史研究・発言を突き合わせ、いろいろ考えてみるのも安部作品を読む楽しみなのだ。

話を本書に戻そう。女性陣だけでなく、男性陣のキャラクターも立っている。それも歴史小説ならではの立て方だ。一例として石川数正を挙げよう。周知の事実だが数正は、家康の重臣でありながら、小牧・長久手の戦いの後、出奔して豊臣秀吉に仕える。そのことを知っているから、自分の有能ぶりを鼻にかけるところのある数正が、家康の性格と合わないことが理解できる。既知の史実があるからこそ、武将たちの描き方に強い興味を惹かれるのである。

この他、史料をもとにした信長包囲網の黒幕に対する独自の解釈や、国家経営のための経済や物流の必要性、戦国の日本と外国との関係など、安部作品らしい読みどころが満載。第一巻から読んでいる読者なら、先が気になってならないはずだ。

そこで改めて「姦淫」である。本書で強い女性たちに困惑したり、癒されたりしている家康も、「姦淫」のときは六十八歳。女心を熟知する、人生の達人になっている。偶然だとは思うが、もしかしたら女性と絡ませることで、新たな家康の造形ができるという思いが、無意識のうちにあったのではないか（二〇一六年に刊行された戦国小説集『おんなの城』（文春文庫）に収録されている「湖上の城」でも、女城主の井伊直虎と絡ませる形で家康が登場するが、こちらは意識的なものであろう）。女性によって、『家康』と「姦淫」は通じ合うのではないか。本書で家康が繰り広げる女性とのドラマによって創られた人間像が、「姦淫」の家康に繋がっていくような気がしてならないのである。

なお『家康』は、小牧・長久手の戦いを描いた第六巻までが「信長期」であり、その後も「秀吉期」「天下統一期」と続く予定とのこと。全部で何巻になるかは分からないが、最大最長の安部作品になることは間違いない。いままでの作者の戦国小説を包括して、いかなる徳川家康の生涯が現れるのか、期待せずにはいられないのだ。

——文芸評論家

この作品は二〇一六年十二月小社より刊行された『家康㈠自立篇』を二分冊し、副題を変えたものです。

家康（二）

三方ヶ原の戦い

安部龍太郎

令和2年8月10日　初版発行

発行人――石原正康
編集人――高部真人
発行所――株式会社幻冬舎
〒151-0051東京都渋谷区千駄ヶ谷4-9-7
電話　03(5411)6222(営業)
03(5411)6211(編集)
振替00120-8-767643

印刷・製本―中央精版印刷株式会社

装丁者――高橋雅之

幻冬舎時代小説文庫

ISBN978-4-344-43015-0　C0193　あ-76-2

幻冬舎ホームページアドレス　https://www.gentosha.co.jp/
この本に関するご意見・ご感想をメールでお寄せいただく場合は、
comment@gentosha.co.jpまで。